# 僕の殺人計画

# プロローグ

今日、私はまた殺された。

「立花涼介さんのお宅でしょうか？」

突然のインターホンとともに、日が沈んだ玄関先へ現れた2人の男性。
無言で小さな革製の手帳を開き、困惑する私の目をチラリと見る。
警察……。我が家になんの用なのか。そう尋ねようとしたときだった。

「突然すみません。奥さん、落ち着いて聞いてください」

心臓の鼓動がどんどんと早くなる。とてつもなく嫌な予感がした。

「単刀直入に申し上げます。実は……」

殺人事件？　包丁？　亡くなった？

耳に飛び込んできた、非日常の単語の数々。私は未だに何が起きたのかを、理解することができなかった。たった今、目の前で事細かに説明されたはずなのに。

「いや、あの、何かの間違いでは……」

震える声で訴えた。けど、目の前の男たちは、静かに首を横に振った。

「私、今朝も見送ったんです。なのにどうして……。涼介、嘘だと言ってよ！」

突如降りかかってきた現実を否定するかのように、思わず声を荒らげてしまう。体が震え、目の前がぼやける。頭がおかしくなりそうだった。

私の動揺を察してか、警官の一人が優しく手を差し伸べてくれた。けれどその手を握ると、現実を受け入れたことになる気がした。

「いやあああ！　違う！　こんなの嘘……　そんなわけない……」

私の声は途切れ途切れになりながらも、玄関に空しく響き渡った。
下駄箱の上に飾っていた花瓶が目に入る。
私は怒りのままにそれをつかみ、思わず地面へ叩きつけた。
ガラスの破片と、赤い花が足元へ勢いよく散乱した。

「奥さん、落ち着いてください！」

駆け寄る警官。でも、その声はぼんやりと遠のいていく。
意識が薄れていくなか、自分の体が地面に崩れ落ちる感覚だけが鮮明に残った。

# 第一章

# 僕はあなたを殺します

「立花君は変わっているね」

僕は周囲の大人たちから、よくそう言われた。

幼いころから人が死ぬことに強い興味があり、まだ漢字もろくに習っていない小学校低学年のときから、辞書を片手にミステリー小説を読みあさっていた。好きなテレビ番組は常に凶悪犯罪者の人生を追ったドキュメンタリーで、国内外で起きたさまざまな殺人事件について知ることが好きだった。

どういう手口で人は死んでいくのか。

なぜ人は人を殺すのか。

命とはなんなのか。

そんな答えのない問題を解こうとすることが好きだった。でも今思うと、〝そういう難しい問題を解こうと考えている自分〟が好きだったのかもしれない。

そんな少年時代を過ごし、特に戻りたいとは思わない中学、高校生活を送った。放課後にカラオケに行ったり、深夜に友達と公園に集まったりなど、いわゆる青春と呼べるものとは無縁。この時期にどう過ごしていたかは、いくつかの出来事を除いて覚えていない。

そこから少しだけ勉強して、偏差値60ほどの文系大学に進学した。本を読むことが好きだったから、受験勉強はそんなに苦労した記憶がない。ただ、将来特にやりたいことはなかった。しかし、人の死や犯罪、とりわけ殺人事件には相変わらず強い興味があった。ミステリー小説を読んで批評する、ニュースで流れてきた事件を見て勝手に考察をする、そのときだけは心がワクワクする。

そうして気付けば大学生活の7割が過ぎ去り、特に思い出なんてできるわけもなく、そのまま就活の時期を迎えた。ある程度名の知れた大学だったから、多くの学生が内定をもらうことにそこまで苦労していなかったように思う。僕はミステリー小説が大好きだったから、自分も作品を作ってみたいと思い、目に留まった出版社に片っ端から応募した。

しかし、これまで散々他者との交流を怠ってきた僕に対して、社会は残酷なほどに厳しかった。よく分からないサークルで副リーダーをしていたという元気の良い男。言葉の端々に絶対に読書をしてこなかったという雰囲気がある、顔だけは良い女。そういったコミュ力があり外面のいい人たちが、グループ面接で内定を掻っ攫っていった。不採用と書かれた通知を目にするたびに、自分なりに楽しく過ごしてきた人生を真正面から否定される感覚があり、このときばかりはさすがに堪えた。

ただ、そんな僕に内定を出してくれた唯一の会社があった。それが現在勤めている、中山出版だ。

今では漫画や小説を中心にベストセラーを多数輩出し、業界でもトップクラスの業績を誇っているが、僕が入社した2006年当時は中堅ランクの出版社だった。面接で、これまで変わり者と呼ばれた人生を赤裸々に話した僕を採用してくれた恩は忘れられない。

そして、これまでの殺人事件オタク的な過ごし方が功を奏したのか、編集者になってからは文字通り順風満帆と呼べる人生だった。

あの事件が起きるまでは。

＊

中山出版にはさまざまな部署が存在している。そのなかでも僕は、花形と呼ばれる文芸部に配属となった。僕が愛してやまないミステリー小説作りに携われる、まさに理想の部署。面接で必死にアピールした読書歴や、凶悪事件の分析が趣味だという話を、当時の採用担当が評価してくれたのかもしれない。これまで身に付けてきた膨大な知識を生かし、僕はこの仕事で誰よりも売れる面白いミステリーを作ってやろうと意気込んでいた。しかし、待ち受けていた現実はそう甘くはなかった。

文芸編集者の価値。それは〝人気作家を何人抱えているか〟で決まると言っても過言ではない。とにかく売れる作家を発掘し、育成をしていくのが仕事の肝になる。当然ながら、すでに人気のある作家は版元ごとに担当編集が決まっているケースがほとんどだ。つまり僕のような新人編集者が作家を発掘するには、文学賞を受賞した新人作家やネットで話題になっている若い才能を見つけては、あの手この手で口説くことが基本手段だった。

しかし、当の僕は新人のころ、対外的なコミュニケーションスキルが優れていたわけではなかったので、作家探しには随分と苦労した。若い作家が集まる飲み会やコミュニティに顔を出しはするものの、ワイワイした雰囲気が苦手でなかなか話ができずにいた。そんな僕をしり目に、他社の編集者が軽快にコミュニケーションをとりながら関係を深めていくのが日常茶飯事。そんなこんなで苦労しながら作家を発見して、ようやくスタートラインに立てる。人当たりの良さや社交性という、編集スキルの有無に関係ないもので作家を捕まえる編集者を見るたび、僕はどうにもこの世は理不尽だと感じた。

次に待ち受けるのは社内で企画を通す作業だ。これが第二の関門なのである。ジャンルやテーマの設定、長編か短編か、どのように売るかなど、考えなければいけないことは多岐にわたる。

僕は、長年の趣味が功を奏して、売れそうなミステリー小説の設定を考えることは比較的得意だった。方向性が決まると、刊行までのスケジュールを組み、デザイナーなどのスタッフを手配し、あとは作家から原稿が上がってくるまで待つ。

作家によっては思うように筆が進まなかったり、当初の内容から大幅に変更されたりと、締め切り通りに原稿が来ないことなんてザラだった。そんなとき、時に励まし、時に厳しく接しながら、執筆してもらえるよう尽力するのも編集者の仕事だ。そして作家が原稿を書いている間に、デザイナーとともに、本のカバーや帯のデザイン、いわゆる〝装丁〟の制作に入る。そうこうしている間に上がってきた原稿を読み、内容に問題がないか、もっといい表現はないかなどのブラッシュアップを繰り返していく。

原稿は担当編集だけでなく、上司である編集長も目を通す。また、誤字脱字や文章の整合性などを、校正者にチェックしてもらう。

このように、各所の確認を何度も繰り返しながら、原稿を仕上げていくのだ。

ここまでの長い道のりを経てようやく本という商品を作り終えたら、次は世に広めるためのプロモーションに注力していく。プレスリリースを出したり、サイン会などのイベントを企画したり、特典をつけたりと、販促施策を考える。作家の途方もない努力と、たくさんの人間がいろいろな角度から関わることで、ようやく一冊の本が読者の手元に届くのだ。

けれど、僕が後にベストセラーを連発できたのは、従来のやり方とは大きく異なる戦法をとったからだった。

＊

入社してまだ数ヶ月のある日、自分の原稿を読んでほしいと、とある大学生が訪ねてきた。僕より1歳だけ若い男だった。

何年もかけて書いたミステリー小説を持ち込んでいたが、大手は軒並み断られてうちに来たのだという。ちょうど昼時で上司が不在だったことと、彼の妙に不器用そうな雰囲気にどこか親近感を覚え、対応することにした。

小さな会議室に彼を案内し、昼休みそっちのけで彼の小説を読み込む。内容は5話ほどで構成された短編集で、随所に粗さは目立つものの、直感的に「面白い」と感じた。数々のミステリー小説を読みあさってきた僕にそう思わせるなんて、この作品はきっと売れる。そう確信したほどだった。

ほとんど年が変わらない彼に、「社内で検討します」と伝え、作りたての名刺を渡した。彼が笑顔で去った後、「今の自分、なんだか編集者っぽかったな」と思い、少しだけドキドキした。

そして、当時の上司である編集長に、一連の出来事を報告する。しかし彼は矢継ぎ早に言った。

「どんなに面白い作品でも、作家が無名なら知ってもらう術がない」

「本当に才能があるなら、これまでになんらかの文学賞に引っかかっているはずだ」

そう聞いた瞬間、僕の心の奥からモヤモヤとした黒い感情が生まれ、全身に力が入った。それが言葉に姿を変えながら、僕の喉までぐんぐんと込み上がってくる。

「編集長。お言葉ですが、夢を追っている作家を真っ向から否定してどうするんですか？　大体、作家がいなければ僕らは食べていけませんよね？　あなたが上司ならこんな会社、今すぐ辞めてやりますよ！」などと吐き捨てる勇気もなく、「勉強になります」と返すのが精いっぱいだった。


〝才能ある作家の作品を世に広める〟。僕が目指す編集者像はこれだと思った。

＊

僕は編集者以外にもう一つの顔を持っていた。

それが、ＳＮＳアカウント「小説家ｂｏｔ」である。

自分でも小説を書く力があるほうが、文芸編集者としての武器になるはず。その思いから、入社して5年目の２０１０年に作ったものだ。

最初はどちらかといえば趣味感覚だった。物語を読むのも作るのも好きだった僕は、5分ほどあれば読めるショートミステリーを毎日のように投稿していた。

当時はＳＮＳが現在ほど普及していなかった時期。非常にアクティブだった僕のアカウントは、なかでもかなり目立っていたように思う。似たアカウントがあまりなかったこともあり、徐々に認知度は上昇。開設から1年経つころには、フォロワーは1万人を超えた。投稿した作品への感想も増えてきて、楽しさとやりがいを感じながら、僕はどんどんのめり込んでいった。

僕は自分で言うのもなんだが、同期と比べれば野心を持って精力的に仕事に打ち込んでいたほうだと思う。就活のときにごまんといた、ミステリーの知識がなく外面だけが良いような人間よりは、編集者という仕事においては僕のほうが使える人材だと自負していた。けれど、そんなあり余るやる気だけで上手くいくほど、出版の世界は甘くない。同期のなかで頭一つ抜けてやろうと意気込むも、僕はこれといった実績を作れずにいた。

入社して7年目の春。そのころには、編集者としてなんとか一人立ちはできていた。しかし、未だに大きなヒットは生み出せず、必死にもがく日々。そんななか、ついに転機が訪れた。

小説家ｂｏｔで投稿したある作品が、大きくバズったのだ。これまで運用してきた2年間で、数千いいねレベルのバズりは何回かあった。しかし、今回は10万いいね超えで、当時3万人ほどだったフォロワーは、投稿から数日で倍の6万人に達した。短いながらも自分が書いた作品が、多くの人に認められた瞬間。コツコツやってきたことが初めて報われた気がした。

そして「うちから出版しませんか？」と、いくつもの出版社からオファーが届いた。驚くべきことに、中山出版の文芸部からのものもあった。

作家として生きていくという道もあるのではないか？と一瞬頭をよぎる。しかし、僕はあえてすべてのオファーを断った。今回のことは一時的なもので、すぐに飽きられる可能性もある。今の段階で、安定した会社員という身分を捨てて冒険するのは、時期尚早だと思ったのだ。

逆に、これを今の仕事に生かす方法はないものか？

そして、ある壮大な計画が頭の中に浮かんだ。

＊

小説家ｂｏｔがバズった翌月。

僕は、「次世代ショートミステリー大賞ｂｙ小説家ｂｏｔ」という小説コンテストをＳＮＳ上で開催することにした。

・１４００字以内で書くこと
・ミステリージャンルであること
・どこにも公開していない作品であること
・作品はＤＭで送ること

誰でも気軽に参加できるよう、ルールは4つだけ。

世の中の多くの文学賞が年1回の頻度で開催されるなか、この賞は週1回、僕が読んで優れていると思った作品を金賞、銀賞、銅賞の順番で発表するというシンプルなものであった。

あくまでも僕は、SNS上で少し影響力のある一般人である。文学賞を開催するにあたって著名な審査員も、豪華な賞金も用意することはできない。

その代わりに、入賞作品は小説家botのアカウントで拡散することで、名もない作家の認知拡大を積極的に行う。そしてその作品及び作家のファンも増やす。それを毎週行うことで、既存の歴史ある文学賞とは別のポジションを取ろうという狙いもあった。

芥川賞や直木賞とまではいかずとも、SNS上で最も権威ある賞を作り、そこから出版に繋げる。審査員は当然、僕一人だけ。著名な作家でなくても、作品が優れていることと、拡散力のある小説家botの全面バックアップ。すべてが上手くかみ合えば、必ず売れる。

これが、僕が立てた計画の全貌だ。小説家botという正体不明のSNS作家は、出版業界でも一目置かれる存在になっていたこともあり、いけるという確信があった。

それを証明するかのように、初回のコンテストには到底1週間では目を通しきれないほどの応募があった。平日は睡眠時間を削り、土日は休む間もなく、応募作品を読みあさる。

そして、厳正に選考を行って3作品を発表した。どれも細部までこだわり、感情を揺さぶってくる作品だったこともあってか、ＳＮＳ上で瞬く間に拡散された。受賞した作家のアカウントのフォロワーも急増。すべてが僕の計画通りに進んでいた。

そんな生活を半年ほど続けた。

そのころには、小説家ｂｏｔのフォロワーは12万人を超えていた。この間に僕は、70にも及ぶ作品を入賞作としてＳＮＳ上で発表。そのうち、10作品は10万いいねを超えるほどの大反響を得ていた。

そろそろ機は熟したか。

僕は温めていた計画、「小説家ｂｏｔ発の書籍化」を実行に移すことにした。記念すべき一冊目は、どんな作品にするか。僕自身が著者となり、これまでの投稿作品を書籍化する選択肢もあった。しかし、〝才能ある作家の作品を世に広める〟というポリシーを守り、コンテストの入賞作品から特に反響のあった作品でいこうと決めた。名もなき作家が、ＳＮＳでの大反響をきっかけに作品を書籍化。作品は大ヒットして多額の印税を得る。以降も定期的に作品を刊行し、その作家は売れっ子の仲間入りを果たす。そんなシンデレラストーリーを作ることで、小説家ｂｏｔとコンテストの価値と権威性はますます上がるはずと踏んだのだ。

もちろん、書籍化する出版社は中山出版と決めていた。もう一つの目的である、圧倒的な実績を上げて部内でも頭一つ抜けた存在になること。そのためには、小説家ｂｏｔの運営が僕であることを周知し、刊行する書籍の編集を僕自身が担当しなければいけない。強力な文学アカウント運営者でありヒットメーカー。この二つの面を併せ持つことで、社内での僕の地位は確固たるものになるはずだ。

僕は早速企画書を作り、上長である編集長に提案した。大学生の持ち込み原稿を無下に扱った、件《くだん》の編集長だ。彼は鳩が豆鉄砲を食らったよう顔で、目をパチパチさせていた。大した成果も上げていなかった部下が、文芸部でも話題になりオファーを出していた小説家ｂｏｔの運営者だというのだから、当然である。企画は当然、承認された。彼の少しバツの悪そうな表情を見たときの快感が忘れられない。謎の文学アカウント、小説家ｂｏｔの正体が僕であることは、社内で瞬く間に知れ渡った。

半年後。小説家ｂｏｔプロデュースの初書籍『旦那殺しの作法』が発売された。情報解禁時、アカウントで告知すると、１週間で１万冊の予約が入った。初版部数は無名の新人作家としては異例の５万部スタート。発売後も継続的にアカウントで告知を続け、僕自身も話題書の担当編集として数々のメディアで取材を受けた。元々ＳＮＳ上で爆発的な支持を得ていたことと、書籍用の大幅加筆も相まって、発売から１ヶ月後には10万部を記録。このチャンスを逃すものかと、サイン会の実施、広告出稿、さらなるメディア露出など積極的にプロモーションを行った。そしてついに、発売して半年後には20万部を突破した。入社8年目、20代のうちに大ベストセラーを生み出した僕は、待ち望んでいた頭一つ抜けた実績を手に入れることができた。

僕は〝売れる作品が自動的にやって来る〟という、夢のようなシステムを作ることに成功した。この勢いを断ち切ってはいけない。僕はさらに仕事にのめり込んだ。そこから僕の編集者としての黄金時代に突入した。

＊

2年後。僕は31歳になり、編集長に昇進していた。

中山出版では、一度でも10万部を超えるベストセラーを生み出せば、社内での評価は相当に高くなる。そんななか、僕はこれまで4回のベストセラーを世に送りだした。そのうちの2作品は映像化され、どちらも国民的な人気を誇る俳優陣が主演を務めた。もちろん、10万部はいかなくとも、数万部の作品を含めれば、輩出したヒット作の数はもっと増えることになる。編集長への昇進も同期のなかで最速。受けた取材も、数えきれないほどだ。

小説コンテストの運営、担当する人気作家の新作や新人作家の作品の編集業務をこなす日々。多忙ではあったが、話題のミステリー作品をチェックしたり、日夜発生する事件の考察をしたりと、学生時代からのライフワークも欠かさなかった。このころの僕はほぼ寝ていなかったように思う。

そうして僕は、社内では「若きヒットメーカー」、業界では「天才ミステリー編集者」として名を知られるようになっていた。

しかし、入社11年目にさしかかったとき、僕の栄光に陰りが見えはじめた。最大の武器である、小説家ｂｏｔの投稿への反応が徐々に減ってきたのだ。このころのフォロワーは25万人と、文学アカウントでは群を抜いた数字ではあった。しかし、この数年で同業他社による類似アカウントやコンテスト、さらには個人で作品を発信して多くのファンを抱えたアカウントなど、競合が増えてしまったのだ。

「オワコン」「似た作品ばかり」「マジつまらん」

エゴサーチすると、このような言葉もよく見かけるようになった。最初は嫉妬だと思って気にしていなかったが、アカウントの低迷もあり、僕の心に重くのしかかる。そして、追い打ちをかけるように、あることがきっかけで僕の編集者人生は一気にどん底に突き落とされた。

＊

「立花、至急会議室まで来るように」

パソコンに向かって新刊の装丁をどうしようかと考えていたとき、後ろから突然声をかけられた。声の正体は文芸部の伊藤部長だ。彼はここ最近、業界最大手の会社から転職してきたやり手で、文芸部の総責任者兼僕の上長でもあった。

僭越ながら、僕の小説コンテスト商法の成功もあり、中山出版の文芸作品は、業界のシェアを大きく拡大している最中。このまま一気にトップシェアを狙うため、その陣頭指揮をとってもらう人材として、破格の条件でヘッドハンティングされてきたのが伊藤部長だった。彼のキャリアは僕よりも20年以上も長く、読書好きでなくても知っているような大御所作家を何人も担当した経験のある名物編集者だ。担当作品の総発行部数は1000万部を超えるという噂で、そんなレジェンドと一緒に働けると知ったときには、大きなうれしさと、「負けたくない」というプライドが渦巻いた。


「急にどうしたんですか？」

突然の呼び出しは、大抵悪いニュースだ。僕はすでに何か嫌な予感を感じ取っていた。

「単刀直入に聞く。立花、君盗作しただろう」

彼の口から発せられた、まったく身に覚えのない言葉に、僕は思わず固まった。

「いいか、とぼけないでくれ。あまり揉めたくないから言うが、証拠はそろっているんだ。こんなことしなくても、君は十分に成果を出せる人間じゃないか。まったくどうしてしまったんだよ」

伊藤部長は鍛え上げられた筋肉質な腕を組み、落ち着きながらも芯のある渋い声で話す。しかし、そのまっすぐな目を見て、到底嘘を言ったり、ふざけたりしているような態度には見えなかった。

「盗作なんてした覚えがないんですが、説明していただけますか？」

いや、待て。伊藤部長は何か勘違いしているに違いない。まずは疑惑を晴らそう。困惑する気持ちを抑え、平静を装った。

「そうか。じゃあ今送ったメールを見てほしい。上層部に報告するために俺がまとめたものだ。まだ社内の誰も知らないから、今白状してくれれば悪いようにはしない」

これまで見たことのない上司の気迫に圧倒されながら、メールの画面を開く。


【重要】文芸部に所属する社員によるプロット盗用に関するご報告

先日、当部署に所属する立花が担当する新人作家、西本ゆい氏のデビュー作『拝啓、聖なる殺人鬼へ』のプロットが、当方が担当する唐澤勇剛先生の新作『無血』と酷似しているという事案が発生しました。

ご承知の通り、唐澤先生は数多ある文学賞を幾度となく受賞。歴代作品の累計発行部数は5000万部を超える大御所作家です。今回の新作においても、社を挙げての注力案件として、初版部数20万部スタート、本年度トップクラスの売上が大いに期待されていました。

しかしながら、本件が発生したことにより、唐澤先生からは今後当社では一切執筆しないとお申し出がありました。何度も交渉を重ねましたが、先生のご意向は変わることなく、断腸の思いではありますが、先生のお申し出を受け入れる形となりました。

この事態を重く受け止め、西本ゆい氏との今後一切の取引を打ち切るとともに、担当編集である立花に対しては真相究明のうえ相応の処分を下す所存であります。

プロット盗用といった不正行為は、作家や担当編集、さらには会社全体の信頼を大きく損なうものであり、絶対に許される行為ではありません。これを厳粛な教訓として、今後とも誠実かつ公正な業務遂行を心掛けてまいります。

何卒ご理解とご協力のほど、よろしくお願い申し上げます。

全身の血の気が引いていく感覚に襲われた。

西本ゆいも例のコンテスト出身の女性作家。彼女の応募作品『拝啓、聖なる殺人鬼へ』は、「主人公である生まれたばかりの女の子が、死刑囚となった母親から毎年届く手紙を通し、犯罪者の娘としてさまざまな苦難に遭うものの、それを乗り越えて成長していく」という、歪な親子愛を描いた少女の成長物語だった。そのクオリティはこれまでにコンテストで読んできた作品と比べて、群を抜いていた。犯罪者の子どもの生き方という重いテーマで一見取っ付きにくいと思いきや、物語の根底には、今の日本で生きる多くの人々の心に響く熱いメッセージが込められていた。しかも、作品は長編で完成度も高く、そのまますぐに出版できるレベル。彼女とは一度軽く挨拶を交わしたことがあるが、人柄も良く、盗作するような人間にも見えなかった。現在は、出版に向けて原稿のブラッシュアップを進めてもらっている。そしてこの企画を承認したのは、何を隠そう、伊藤部長だった。

誰もが知る大御所作家の唐澤勇剛氏が新作を出すと聞いたのは、そこから2日が経ったころだった。伊藤部長は立場上、編集の現場からは退いていたが、唐澤勇剛氏の作品だけは自身が担当していることは聞いていた。

「西本ゆいの企画が、唐澤先生の新作よりも先に承認されたのは部長もご存じですよね？　唐澤先生が新作を出すことになった明確な時系列と、証拠をそろえて説明いただかないと今回の処分には到底納得できません」

自分より役職も年齢も上の上司に対し語気が強まっていることに気付いたが、さすがに納得できなかった。身に覚えのない言いがかりで処分を受けるなんて、理不尽にも程があるじゃないか。僕はメールを読みながら、想定できる可能性を考える。

一つは本当に偶然〝西本ゆいと唐澤先生が発案したストーリーが同時期に被ってしまった〟ということ。しかし、ミステリーの王道である殺人事件ものならまだしも、今回のストーリーや設定はそう簡単に被るとは思えなかった。これまで多くの小説を読んできたが、類似した作品は読んだことがない。この線はゼロではないが相当低いと考えていいだろう。

残るは、あまり考えたくないが〝伊藤部長が唐澤先生へプロット盗用を促した〟という可能性だ。「筆の乗らない大御所に、先生が書いていても違和感のないストーリーを提供して、会社の利益と自身の社内の地位向上を図ろうとした」というシナリオ。社内的には〝たかがSNSのコンテストの優秀作品〟よりも、〝国民的人気を誇る大御所による8年ぶりの新作〟を優先するのも納得できる。何よりその決裁権を握っているのも伊藤部長だった。

静まり返る会議室で、彼はゆっくりと口を開いた。

「立花、今回の処分は本当に申し訳ない。唐澤先生相手に俺も相当粘った。西本ゆいのデビューをすぐに取り下げると申し出たが、先生はこれまで積み上げてきた信頼が一瞬でパーになったの一点張りで駄目だった」

そう言いながら頭を下げる部長を見ても、僕はやはり納得はできなかった。これ以上何を言っても埒があかないと思い、僕は頭に浮かんでいる疑問をぶつけてみた。

「では、唐澤先生はどうやって西本ゆいのプロットを知ったんですか？　このことを社内で知っていたのは著者の西本ゆい、担当編集の僕、そして部長の3人だけですよね？」

　伊藤部長は、予測していたと言わんばかりに答えた。

「それが分かるなら俺も知りたいさ。当たり前だが、創作の世界で丸パクリなんて言語道断。ましてや自社でそれが起きるなんて、社内の風紀が乱れるどころか、会社の信用に関わる大問題だ。立花は俺が唐澤先生に原稿を流したと思うかもしれないが、俺は断じてそんなことはしていない。そこまでこの会社も俺も困っていないのはお前も分かるだろう。まあおそらく、唐澤先生としては、自身が重い腰を上げて筆をとった作品が、聞いたこともない新人と被ったことが気に入らなかったのだろう。たまたま被ってしまった可能性というのもゼロではない。第一線で長年やってきたプライドにさわったんじゃないかな。処分に関しては、悪いが決まったことだ。受け入れてくれ。頼む、この通りだ」

　先ほどよりも深く頭を下げられ、こちらに選択権はないという気迫がにじみ出ている。

「待ってください。僕は無実です。ここで受け入れたら、これまで真剣にやってきたこともすべて疑われます。この打撃は業界歴の長い部長ならどれほどのものか分かるはずです」

　僕は震えた声で訴えた。まるで走馬灯のように、報われなかった就活時代、世に送り出してきた新人作家の顔、ろくに寝ずに奔走した10年間のことが頭の中で次々と浮かんでは消えた。心臓が握り潰される思いになった。

「申し訳ないが、会社全体の信頼を損ねないためにもこうするしかないんだ。本来は問答無用で退職処分になる行為だぞ」

文書に書かれた「相応の処分」が、まさかクビを指すとは思ってもいなかった。言葉が出ない。

「退職ではなく、せめて異動になるよう俺が話をつけた。……ただ、すまない。いくつか条件がある。まず、小説家ｂｏｔで関わった担当作家は、すべてほかの部員に引き継いでくれ。あと、コンテスト開催もしばらくは休止してほしい。事を荒立てないためにも、盗用について言及はしなくていい。事情があってコンテスト開催は休止したと投稿してほしい。これが退職ではなく異動で済む条件だ。また頃合いを見て文芸部に戻してやるから、どうか頼む」

「……本気で言ってますか？」

やってもいない罪で、僕が築いた大きな財産を失うなんて、到底受け入れることができなかった。それも既に決まったことのような物言いだ。こんなことが許されていいのだろうか。


実はこのころ、小説家ｂｏｔの低迷はさらに進んでいた。コンテストへの応募作品は激減、投稿へのいいね数も３０００〜５０００を超えればいいほう。ここ最近はベストセラーからも遠ざかっていた。部内には、飛び道具で出世した僕のことをよく思っていない人間も多いだろう。そうした背景もあり、今回の一件は僕を排除する絶好の機会だったのかもしれない。そんな邪推すらしてしまうほど、僕の心は冷えきっていた。

ただ一つ明確だったのは、編集者という職を失う恐怖のほうが大きかったことだ。「立花＝小説家ｂｏｔ」と正体を明かし、大御所とトラブルになったことが知れ渡ったら、仮に転職しても上手くいく未来は見えない。文学業界から干されたのも同然だった。

そうして僕は、小説家ｂｏｔのアカウントで会社から言われた文言を投稿。1週間の自宅謹慎処分の後、文芸部を去った。

＊

僕が新しく配属されたのは「単行本ノンフィクション部」という部署だった。

ここは主にエッセイや自己啓発本、実用書などを刊行しており、文芸部とは違って女性社員が多い。

中山出版では、小説は文芸部しか刊行できない暗黙のルールがある。つまり、僕は長年育ててきた小説コンテストの主催側ながらも、社内のルール上、小説自体の編集ができなくなったのだ。会社からはせめてもの温情で、僕がどのような経緯で異動になったかは、ほとんどの社員に伏せられていた。知っているのは上層部と、単行本ノンフィクション部の吉岡部長だけだ。表向きには「部の新しい柱を作るため、これからインフルエンサー著者の出版にも力を入れていく。そこで社内でも花形の文芸部でベストセラーを連発していたエースに異動してきてもらった」と伝えられているそうだ。おかげで居心地の悪さを感じることはなく、「立花さんのことはよく聞いていました」という好意的な反応が多かった。

ただ当然のことであるが、小説とエッセイはまったく異なるものだ。エッセイは物語よりも実用性、すなわち読者に対してどんな価値を提供できるか、という点が重要になってくる。そして小説と違い、エッセイは著者自身の体験や考え方を読み物にするので、基本的にノンフィクション作品である。物語の善し悪しが刊行基準に大きく関わる小説に比べて、著者自身の人格や人気などもリサーチする必要があるのは、僕にとって億劫以外の何物でもなかった。幼いころからのライフワークの賜物で、凶悪事件の犯人や獄中の死刑囚などには詳しいが、それは部内で求められているジャンルでないことは明白だ。僕はまだ異動に納得できていないことも相まって、どうしても仕事に身が入らなくなっていた。

＊

そこからはヒットを一冊も出せないまま、あっという間に1年が経過した。僕は33歳になっていた。

誰も口には出さないが、「文芸部のエース、大したことなかったね」という空気をひしひしと感じる。ある程度の仕事の流れと、エッセイへの理解は深まったものの、小説への未練タラタラだった僕は、未だに熱が入らない日々を送っていた。

そもそもエッセイというジャンルは、とにかく市場が大きい。小説に比べるとライトで読みやすい作品も多い分ターゲット層も広いが、当然競合も多くなる。

世の中のニーズを把握し、それを解決できる著者を探す。それが最も伝わるような内容、デザインの本を作る。そしてそれを求める読者に届くようなプロモーションを打つ。どんなジャンルでもいえることかもしれないが、こうした商品作りの基本と呼べるものをしっかり行い、初めてヒットが生まれるのだ。文芸部時代の実績は、小説家ｂｏｔという飛び道具によってもたらされたもの。この部署に異動して何冊か作ってみて、僕はそんな基礎ができていなかったことに気付いた。

そして僕に期待されているインフルエンサーエッセイの場合、購入者層が既にその著者のファンであるケースが多い。そこからファン以外に波及させていくことが、大変に難しいのである。つまり、著者の知名度やファンの数が売上に直結するということだ。僕は〝有名ではないが才能のある新人作家を世に送る〟という仕事に精を出していたこともあり、〝既に有名な人間が書いたエッセイを世に広める〟という仕事にはどうしても魅力を感じることができなかった。

あまりに短絡的で乱暴な割り切り方ではあるが、本心だ。そして大前提として、やってもいない罪での異動という、あまりにも理不尽な処遇を自分の中でずっと消化できず、未だ完全に無気力だった。

*

そのまま大きな結果を出すことはなく、平凡な中堅社員として6年の月日が流れた。僕は39歳になっていた。

昔のように大ヒットこそ出せていないが、年間のノルマ数はぎりぎりこなしてなんとか会社にしがみついていた。大きく出世するわけではなかったが、降格するわけでもない。過去に「若き天才ミステリー編集者」と呼ばれた男は、「どこにでもいる平凡な編集者」となっていた。僕の人生を変えることになった例の小説のコンテストは、年に1回だけ、ほとんど趣味として開いていた。未だに応募が来る何通かに目を通して終わりの、個人的な娯楽と化していた。

しかし、時間に余裕ができたことで思考が整理され、当時の自分に対して気付けたことがいくつかある。

まず、〝才能ある新人作家を送り出す〟というビジョンで賞を作り、精力的に活動していたのは、実はコンテスト開催当初だけだったのではないかという点。いつからか自身も、かつてのあの忌々しい発言をした編集長のような商業至上主義、言い換えるならば〝売れれば正義の出版プロデューサー〟の考えになっていたように思う。

実際にコンテストが軌道に乗ってきたころには、これまでなら出版をオファーしていたレベルの作家でも、自身の忙しさや、今持っている案件と比べて微妙だと感じたら、入賞させないという選択を繰り返していた気がする。また、育てていく価値のある実力を持つ作家でも、作風を大衆に寄せられないと判断したら、どんどんと次回作を断り、切り捨てていった。最初は理念を持ってやっていたことでも、いつの間にか数字に目が眩み、目の前にいる一人一人を大事にしなかったツケが回ってきたから、僕は文芸部に戻れないんだろうなとも思いはじめていた。

自分自身にどこか嘘をついて、「僕はそんなに面白いと思わないけど、まあこれが世間的に受けるから出しておくか」という気持ちで作った本も何冊もある。ただそのように商業的に作った作品、特に僕が担当した新人作家のヒット作には「浅かった」「私にはハマらなかったです」といった辛辣なレビューが付いていることが多かった。

これを見て僕は、小学生向けの国語の教科書に「文字がデカすぎる」「この話の何がいいの?」とヤジを飛ばしているようなものだといつも思っていた。なぜなら、売れる小説というのは、あえて目線を下げて分かりやすく作る傾向にあるからだ。売れている本ほど、普段聞かないような難しい言葉を使用せず、誰が見ても楽しめるような構成になっていると僕は思う。

もちろん、そうした作りの中でも、きちんと読んだ読者だけが気付くことができる〝深い面白さ〟も存在している。教養やリテラシーがあることでより楽しめるシーンや、物語に隠された著者が訴えたいテーマなどがそれに該当する。ただ、それらに気付けず、〝浅い読み方から生み出される浅い感想〟を、あたかも自分は高尚な読者だという顔でひけらかすのは、どうも僕には滑稽に思えてならなかった。

当然、食事と同じく本にも好き嫌いは存在する。合わないものは合わないと思う。しかし、〝その本が面白いと思えるかどうか〟というのは、〝その人の感受性の豊かさ〟だったり、〝受け入れられる感性という名の器の広さ〟を表しているのだと僕は思う。ピカソの絵を見て「分からない」と思うのか、〝自分なりの解釈をもって楽しむ〟のか。独創的な料理を食べて「なんだこれ」と思うのか、〝隠された味を探し、シェフが持つテーマに想像を働かせる〟のか。消費者としてレベルが高い人たち。他人から見ても、教養や品にあふれ魅力的に見える人たち。これらは、間違いなく後者だ。

ミステリー評論家もどきとして過ごしていた大学生の僕は、短編集やライトミステリーという大衆作品を、本格ミステリーの土俵で評価するような批評は決してしなかった。せっかく読書という知的な趣味を楽しめる人間であるのに、「自分の感性の器は小さいです」と公言するような批評をする。それは愚かな行為以外の何物でもなかったと思っていたからだ。

小説という娯楽を楽しむのは、現代ではもはや高度な技術と化しているのではないか。

出版不況という状況を最前線で目の当たりにし、強く感じたことだ。動画コンテンツや検索サービスがインフラのごとく普及している世の中で、文字だけを見て、そこから頭の中でシーンを想像し、登場人物に感情移入するというのは、思考せずに目的の情報をすぐに得る行為よりも、はるかに脳に負担がかかる。今の読者は分かりやすく、明確な答えを求める風潮にある。物語の最後に余白を残し、少しでもボカして終わると「分からなかった」「意味不明」という評価を下されるのだ。近年では若者の読解力の低下が著しく、SNSでは長い動画よりも短い動画のほうが受け入れられる。そんな風潮に合わせれば合わせるほど、自分のような人間は息苦しさを覚える。

そう思えば、結局のところ、僕がこれまでに商業的に世に送り出してきたどの作品も、点数を付けるならば70から80点といったところだろうか。まだ〝自分自身が納得できる最高の物語〟というものに出会えていない。

そう思っていた。これを見るまでは。

「おい、これはなんだ……」

手元にある原稿を読み終え、僕は思わず言葉を失った。今にも全身の血が沸騰しそうな感覚。これほどまでに続きを読みたくなる物語は初めてだった。これは39年間生きてきた僕の人生にとって100点満点の作品になる。そう確信した。

＊

「立花さん？」

原稿を手に立ち尽くす僕が異様だったのだろう。隣のデスクから声がした。4月に新卒社員として単行本ノンフィクション部に配属されたばかりの新人編集者、小野寺優香の声だった。僕は彼女の教育係として、この数ヶ月行動をともにしている。

「ああ、どうした？」

「いや、すごい顔をされていたので、どうしたのかなと思って」

せっかくなので彼女にもこの物語の感想を聞いてみようと思った。

「今日出勤したらこれが届いていたんだけど……、一度読んでみてくれないか」

そう言って、僕は彼女にまずは一枚の原稿を手渡した。

プロローグ

このときがようやく来た。

僕はあなたを殺します。

決して誰にもバレずに。


「なんですかこれ、小説の冒頭ですか？」

彼女の華奢な体格から発せられた声が空中を漂った。

「どう思う？」

「どう思うも何も、この3行だけじゃなんとも言えないです。すみません」

新人らしい、想像通りの答えだった。

「よく観察してみてくれ」

彼女は原稿に顔を近づけ、じっと見つめる。

「え。これ、手書きですか？」

僕は頷いた。一見コンピューターの文字かと思うような、精巧な明朝体で書かれた文章に触ってみると、わずかに紙に凹凸があるのが分かる。

「続きも読んでみてくれ」

きょとんとする彼女に、角がホチキスで留められ少し束になった原稿を渡した。彼女はそれを恐る恐る受け取り、目を通す。

# 第一章

「堕ちた天才」

世間は彼のことをそう呼んだ。

担当した新人作家の小説は異例のスピードでベストセラー。破竹の勢いでミステリー小説界を席巻した、とある文芸編集者がいた。彼は従来のやり方とは異なり、独自の才覚と手法で才能ある新人作家を掘り起こし、その多くを世に輩出してきた。本気で小説家を目指す人間で、彼の名前を知らない者は少なかった。僕も彼の存在を知り、とても強く惹かれた一人だった。

だが、いつからか彼の名前を耳にすることはなくなった。聞いたところによると、ある一件から文芸編集の仕事を奪われ、別人のように変わり果ててしまったのだという。この事実を知ったとき、僕は憤りを隠せなかった。

才能がある人間というのは、時にそれを無下に扱う。それを手にしたいと願い、もがき、苦しみ、心から懇願する人間が世の中には多数いるのにもかかわらずだ。しかし、当の本人はその事実には気付きもしない。自身が当たり前にできていることが、他者が人生をかけてまで求めるものだとは思ってもいないからだ。人はいつだって、足りないものばかりに目を向ける。今目の前にあるもの、自分が持っているもの、置かれている環境を当たり前だと思っている。だからこそ、そこに感謝の念がもてなくなる。可哀想なことに彼も同じなのだ。類稀なる編集者としての実力を持ちながら、もうミステリー小説を作ることができないと思うと、僕は彼をどうしても許せなかった。

僕はもう一度、彼が編集を担当した小説を読みたい。しかし、名もない物書きの僕が、彼を再びミステリーの世界に呼び戻すなんてことができるのだろうか。僕は何度も何度も考えた。そして、ある答えにたどり着いた。

彼を殺そう、と。

それも、誰にもバレず、完璧なトリックで。

僕は、彼がいつかインタビュー記事で公言していた美学が好きだった。

「結局のところ、すべてのミステリーというのは、リアリティに欠けるフェイクなんです。小説家はあくまで架空の物語を創作するプロ。彼らは別に殺人犯ではない。いくら取材を重ねても、犯罪の手口、被害者の表情、こういった殺しに関するディテールは真の意味で実感することはできない。逆にそれを知っている殺人犯は当事者としての経験はあるが、表現者ではないし、創作した物語にそれを乗せて世に出すことはできない。そもそも本を書くために殺しをしているわけではないですしね。だから〝本当のリアル〟を描いた作品というのには、やっぱりお目にかかれないんです。特に完全犯罪なんかは、リアリティの欠如が顕著なんです。だって本当の完全犯罪というのは、決して世に出回ることはありませんからね。小説家の想像で出回った作品が、あたかも完全犯罪ですという顔で書店に並ぶんです。ただ、一人の編集者として、どうしても見てみたいんです。こんなことを言うと怒られるかもしれません。でも、もし万が一、〝殺人で完全犯罪を成し遂げた小説家が描くミステリー小説〟なんてものがあるのであれば、僕はそれを読んでみたい」

これを読んだとき、鳥肌なんて表現では表しきれないほどに体中が震えた。

そしてすぐに僕がやるべきことが脳へと降りてきた。

ならば、僕がこの物語を書こう、と。


ただ、僕が仮に適当な誰かを殺して完全犯罪を成し遂げたことを作品にしても、彼にそれを信じてもらうことができないかもしれない。だから僕は考えた。彼には、当事者になってもらうのが一番良いのではないか。文章というのは無限の可能性を秘めているとよくいわれるが、どこまでいっても文字の塊でしかない。結局描かれる情景というのは、読み手の脳が補完する。

仮に僕が自身の犯した完全犯罪を作品に表現したとしても、僕が見た景色と、彼が感じる景色とでは齟齬が生まれてしまうのだ。そこに彼が求める〝本当のリアル〟は存在しない。

ならばどうするか？　答えは一つだ。彼自身がこれから始まる物語の主人公として、僕が作る物語を、その人生をかけて体感してもらう。


僕は彼を殺す。それも未だかつて誰も成し得たことのない完全犯罪で。

だが、まだ微かな可能性として僕は彼を信じている。

天才は羽をもがれ、地に堕ちていないということを。

僕を止めて、証明してほしい。

## 立花の死まで、残り●●日

読み終えた彼女は、しばらく呆然と原稿を見つめていた。そして急にスイッチが入ったかのように、慌てた声で言った。

「立花さん、これやばいですって！　殺害予告じゃないですか！」

黙り込む僕に、矢継ぎ早に口を開く。

「大丈夫ですか？　警察に通報したほうがいいんじゃないですか？」

「いや、大丈夫だ。ありがとう。」

予想以上に心配してくれる彼女を、僕は落ち着いた声でなだめた。

「でも、こんなの誰が送ってきたんですかね。あ、封筒見れば分かるんじゃないですか？」

「残念ながら封筒には僕の名前しか書いていなかった。差出人は分からない」

僕は原稿が入っていた封筒を彼女に見せながら言った。

「とりあえず、どこから届いたものか確認しましょうよ」

彼女はそう言って、僕の手にあった封筒を丁寧に取り上げ、消印に顔を近づける。

「東京中央……」

「都内から出されたんじゃ、当然特定は無理だろうね」

「どうしてですか？　じゃあ街中の監視カメラとか見れば分かりますかね」

彼女の的外れな発言を聞いて、ほんの一瞬だけ、文芸部で活躍していたころの感覚が戻ったような気がした。久しぶりに社内でミステリーとおぼしき原稿を読んだせいか。しかし、ここはもう文芸部ではないんだと、自分に言い聞かせた。


僕は彼女にも理解できるように、順を追って説明した。

「先に結論だが、監視カメラを見てもこの犯人にたどり着くことはできない。まず考えてみてほしいのは、そもそも東京の膨大なエリアで投函された郵便物に、この『東京中央』の消印が押される。だから差出人不明だと、大体の地域までは分かっても、どのポストから来た郵便物かは分からないんだ」

彼女は真面目な表情で、まっすぐこちらを見つめて頷く。

「仮に監視カメラに写っていたとしても、大きな封筒の下にこの封筒を隠して投函するとか、帽子にマスクとメガネをかけて顔を隠すとか、身元が割れないような最低限の対策をしていると推測できるよね。それに、本人が投函したとも限らない。お金を払えば怪しいバイトでも請け負ってくれる人間は、今の時代いくらでもいるからね」

特に頭を捻って考えたわけでもなく、一瞬で弾き出した考えを早口気味で僕は伝えた。

「立花さん、すごいです！　配属されたとき、立花さんは昔すごいミステリーの編集者だったって聞いていたんですけど、今それを体感しました私！」

彼女は心の底から感心した様子だった。

そうか。僕はまだミステリー編集者としての感覚が残っているのかもしれない。完全に消失していた自信、寝ずに仕事に打ち込み続けたあのころの熱量が、ほんのわずか戻りはじめた気がした。

「それにしても、予告してから人を殺す。しかも完全犯罪だなんて、あまりにも挑戦的ですよね」

「そうだね。完全犯罪をするなら証拠が残らないようにするのが鉄則だ。あえて郵送という物的証拠が残る方法で予告するのが理解できない」

「そうですよね。でも、もし私が犯人だったらって考えたんですけど、本当に立花さんを殺したいなら、きっと対策なんてできないように奇襲すると思うんですよ。包丁持って後ろからえいや！って首とかを刺すと思います」

15歳以上も離れた上司を目の前にして、「首を刺す」なんてよく言えたものだ。彼女は少し天然じみていて、思ったことをはっきり言う。僕とは違うタイプの人間なのは明らかだ。きっと友達も多くて、それなりに恋愛もしてきて、楽しい青春時代を送っていたタイプに違いない。

「本当に殺したいなら、予告なんてしないほうが殺しやすいのは間違いないね」

「ですよね。だからサイコパスというか、人を殺すことにルールをもって楽しんでいるような。

漫画とかでよく出てくる狂気キャラのオーラみたいなのを感じました」

自信に満ちた声で彼女は言った。文芸部時代の僕なら、「それは考察じゃなくただの感想だよ」と指摘していただろう。

「奴には絶対にバレないと確信できるだけの、なんらかのプランがある。だから殺しの予告までしてきた。恐らくこの原稿だけじゃ身元を特定するのも無理だろう。しかもごていねいにプロローグだの、第一章だの、以降も物語が続くことも示唆している。こちらの動きを読みながら、これからいろいろと仕掛けてくるはずだ」

それでそれで？と言わんばかりの顔で彼女は僕を見つめる。

「現時点で打てる対策は少ないかもしれないが、以降新規で僕に接触してくる人間は、念のため警戒しておいたほうがいいだろう。もちろん僕の知り合いという可能性も捨てられないけどね」

「なるほど。でも警察には言わないんですか？」

「まだ被害が出たわけじゃないし、一般人に来た殺害予告なんて、まともに取り合ってくれるほど警察は暇じゃないさ」

そう口にしたものの、心の中には、警察にはまだ言いたくないと思う自分がいた。もう枯れたと思っていた文芸部時代のプライドが、少しずつ取り戻されていく感覚。正直、悪い気分ではなかった。この小説を送りつけてきた人物、仮に「X」と名付けるなら、奴はどこか僕に期待をしてくれているのではないか。奴の文章からは、そんな愛情のようなものを感じた。

ただ万が一、もしも本当にXが僕を殺そうとしているならば、いつ、どのように殺しに来るのか。それならそれで、受けて立とうと思った。不思議と恐怖はほとんど感じられず、未知への挑戦のワクワクが勝った。この物語は、僕の人生の集大成になるかもしれない。必ず自分自身の目で見届けたいと思ったのだ。小説を手に取り、表紙のページをめくる瞬間。これまで知らなかった新しい物語の世界に足を踏み入れる高揚感。僕はこの感覚がすごく好きだった。そしてどんな物語でも、始まった以上は必ず結末を迎える。待ち受ける最後がどんなに暗いものでも、一度物語が始まったからには決して止まることなく、最後まで進み続ける。

ただX、残念だった。

この物語の結末は、始まった瞬間から僕が勝つと決まっている。

僕を殺す？　よく言ったものだ。さあ、かかってこい。

忘れかけていた絶対的な自信が、僕の中に舞い戻ってきた。

＊

問題の原稿が届いてから、数日経ったある日。

「立花さんに会いたいという方がいらしてるんですが、お通ししても大丈夫ですか？　50代ほどの女性なんですが」

内線に出た僕の耳に飛び込んできたのは、アポイントのない来客の知らせだった。例の予告以降、初めての来客だ。それも心当たりのない人物。当然ながら、警戒心が芽生える。

「ちょっと待ってくださいね」

そう言い、僕は瞬時に脳内でシナリオを描く。Xが本当に予告殺人犯だと仮定した場合、僕を人目につく場所で殺すことはないだろう。今いるオフィスだけでも、常に500名を超える社員がいる。社内では誰かに僕と歩く姿を見られる可能性が高い。監視カメラもある。その位置と数は十数年勤務している僕ですら把握していない。どう考えても、証拠を残さずに犯行に及ぶことは無理だ。

仮に、今回の来客が本当にXだとする。それをふまえて、僕が今後徹底してとるべき具体的な対策は二つだった。

まず、社内を含む外出先すべてで、僕が用意した飲食物以外には口をつけないこと。そしてもう一つは、僕の生活を取り巻く音声を配信することだ。

小型のボイスレコーダーを複数用意して携帯したり、常にスマホのボイスメモで録音したりすることも一瞬考えたが、残念ながら僕が殺害された後にそれらを破壊されれば元も子もなくなる。ただ、配信は違う。録音データが自身のデバイスではなく、ネット上に残るようになる。そして企業側のサーバーにも当然その配信データは残る。これは物理的に破壊できるボイスレコーダーとは違って、そう簡単に消すことはできない。配信するといっても、やり方も簡単で、ポケットに入れたスマホで今している会話をリアルタイムで垂れ流すだけだ。

当然だが、僕の生活のすべてを配信するわけではない。そんなことをすれば、Xに僕が何をしているかが筒抜けになってしまう。やるとすれば僕の配信URLを知っている人間だけが見られるような設定にして、それは誰にも教えない。つまり、誰も見られない状態で配信をするのだ。そして僕が配信したすべてのURLを、別のSNSで1年後に投稿されるよう予約しておく。万が一、僕の身に何かあった際には公開されるし、何もなければSNSで設定している予約投稿を解除すればいい。

異動して良かったことといえば、この数年でインフルエンサー著者の出版に携わったことで、配信に関して随分詳しくなったことだ。今回のアイデアの発端も、単行本ノンフィクション部に異動したおかげだった。

とりあえず今からの来客にはプライベート用のスマホを使うとして、今日の帰りに配信専用のスマホを購入しようと決めた。急なトラブルや故障に備えて2台用意しておく。ただし、この常時配信という手段も、決して完璧な策ではない。まず、僕がスマホから離れたり、手放したりするとダメになる。スマホを充電していて僕がその場から離れた瞬間だったり、風呂に入っていたりするときは無防備だ。少し気が引けるが、風呂やトイレでも常時配信するためにスマホを携帯する必要がある。そして、電波が圏外になっても、この防衛策は意味をなさなくなってしまう。東京に住んでいる以上は基本的に問題がない。ただ、地方の山奥など電波の届かないエリアに足を運んだときは要注意だ。あとは、僕が一瞬でもスマホを手放さないといけない状況。例えば「一緒に銭湯に行こう」と誘ってくる人物や、遠方の用事を作ってきた人間がいれば、Xかその関係者であることを疑うことができる……。こんなところか。

受話器を握りしめ、90秒の保留音がちょうど一周した。僕は「通してください」と伝える。そして指定された来客室に向かいながら、僕はズボンの右ポケットに手を入れ、スマホを取り出す。そしてかわいいクマのアイコンが描かれた配信アプリを、一番使いやすい位置に移動させた。そのままアプリを起動させ、画面下部にある「ＲＥＣ」という赤い字のアイコンをタップする。配信が開始されたことを確認し、そのままスマホをポケットに忍ばせた。

＊

僕は小さいころから遅刻をする人間が大の苦手だった。僕自身は、９時に集合と言われようものなら、８時には集合場所に到着していた。友人が来るまでは付近を散策して、知らない世界を一人で楽しむことが好きだった。別に待つことが苦手なわけではない。作家からの原稿をこれまで散々待ってきた。

しかし、来客室で身に覚えのない中年女性を待つ時間は、どこか永遠に続くように感じた。それもそのはずで、僕が受付に「通してくれ」と伝えてから、もう既に20分は経過していた。受付からこの部屋までは、いくらエレベーターが混んでいたとしても、5～10分もあれば到着する。受付部屋までは事務の者が案内するはずなので、途中で迷っている可能性もない。

何かがおかしい。まさか、X本人が来たのか？　嫌な予感が脳裏をよぎる。完全犯罪を企んでいる以上、Xはそう簡単に僕に姿を見せないはずだ。だが奴はその裏をかき、白昼堂々と姿を現し、公衆の面前で殺害を実行するのか？　いや、まさか。さすがにありえない。

## 立花の死まで残り●●日

奴が送ってきた原稿の最後には、黒塗りで2桁のカウントダウンの日付があったことを思い出した。これが正しければ、残りの日数は10〜99日。今日はまだ数日しか経っていない。原稿を信じるなら、やはり今日奇襲されることはない。あと5分待っても来なければ、一度自分のデスクに戻ろう。そう考えていたときだった。

部屋の入口付近の通路から、人が近づく気配がした。

カチャ、カチャ。

一定のテンポを刻みながら、不可思議な音が近づいてくる。どこかで耳にしたことのある音だと思った。そして段々と大きくなるその音とともに、磨りガラス越しに2人のシルエットが現れた。ドアの外から「こちらです」と声が聞こえ、そのトーンから、すれ違うといつもにこやかに挨拶をしてくれる事務の子だろうと、ぼんやりと顔が浮かんだ。

ゆっくりとドアが開く。

カチャ、カチャ。

特徴的な音の正体とともに現れたその女性は、僕の知らない人物だった。しかし、その顔はどこかで見たことがあるような気がした。

「立花さん、こんにちは。小野寺と申します。こちらで働いている、小野寺優香の母親です。いつも娘がお世話になっております」

そう言って彼女は深々と頭を下げた。品のあるきれいな声。あまりにも想定外の来客に、僕は呆気に取られた。少しの間を空けて、言葉を返す。

「あ！　これはこれは小野寺さんのお母様でしたか。初めまして、上司の立花と申します。どうぞ、お掛けになってください」

カチャ、カチャ。

彼女は事務の子に導かれながら、ゆっくりと部屋に入ってきた。音の正体は、杖だった。松葉杖をついたときに出る音だ、と僕は思い出した。ここまで時間がかかったのも当然だ。彼女はゆっくりと腰を下ろした。

「最近膝を悪くしてしまいましてね。お待たせして申し訳ありません。あのね、立花さん。娘がいつもうれしそうにあなたのことを話すんですよ。それで、今日はご挨拶とお礼を兼ねて参りました」

「ご丁寧にありがとうございます」

小野寺が陰で自分の話をしていたことに驚きつつ、彼女はいい母親を持ったものだなと思った。

「娘がご迷惑をおかけしていませんか？」

「いつも頑張ってくれています」と僕は答えた。事実、彼女は知性あふれる感じではないが、自分から仕事を探しに行くタイプで、かなり能動的に動いている。編集者としての素養はあるように思う。

「それはよかったです。あの、こちら、よろしかったら皆様でお召し上がりください」

そう言って彼女は紙袋から、ちょうど椅子の幅と同じくらいの大きな黄色い箱を取り出し、両手で差し出してきた。上質な和菓子のようだ。聞けば、故郷である仙台のお菓子らしい。それよりも、この足で東北からやって来たことに驚きを隠せなかった。

そしていきなりの飲食物に脳内でアラームが鳴ったが、みやげなのでこの場で口にする必要がなく助かった。彼女が手渡してきたのは40個入りの大入サイズ。もしも仮に今目の前にいる彼女がXだとしても、僕がどれを食するか予測できない以上は、恐らく毒などはないだろう。Xならもっと狡猾に、そして自然に仕掛けてくるはずだ。

「今日はご挨拶ができればと思っておりましたので、これにて失礼いたします」

僕は思わず眉がぴくりと動くのを感じた。わざわざこの足で時間をかけて、僕に挨拶するためだけに来たのか。愛する娘のために。

「お約束もせず、立花さんの貴重なお時間を奪ってしまってすみません。お会いできて良かったです。今後ともどうぞ、娘をよろしくお願いします」

彼女はゆっくりと立ち上がった。今の時代、職場に母親がやって来て、挨拶だけをして帰るというのはそうそう起こり得ることではない。よほど娘を溺愛しているのだろうか。これまでに出会ったことのないタイプの人間だと思った。

「私もお会いできてうれしかったです。わざわざありがとうございました」

僕は礼を言い、彼女のペースに合わせてゆっくりと受付まで歩みを進める。彼女の目的は本当に挨拶だけだったのか。僕には分からなかった。

「あ、私が来たこと、優香には内緒にしておいてもらえますか。あの子、お節介だって怒るんです」

そこからは、用件が済んだと言わんばかりに、彼女は杖をつきながら出口に向かう。最後に振り返り、深々とお辞儀をして彼女は去っていった。彼女は、娘が世話になっている上司に対し、本当に挨拶だけをしに来たようだ。僕には理解できなかった。


デスクに戻り、いくつかの事務作業をこなして帰路につくことにした。いつもなら寄り道せずに帰るが今日は違う。配信用のスマホを契約しに行かなければならないのだ。

見慣れたオフィス街を抜け、駅へと向かう。夕陽に照らされ、濃い橙色に染まっていく街並みを見るのが好きだった。東京都千代田区のオフィスから、埼玉県所沢市の自宅までは片道80分の距離だった。

早く配信用のスマホを契約し、家に帰りたい。ポケットにある僕のスマホは充電がわずかになっていたが、まだ配信を続けていてくれた。そうだ。持ち運び型の充電器も複数買わなければ。

Xがこのタイミングで現れることはないと考えていた僕は、もうそこまで警戒しなくて大丈夫だろうと思った。常に警戒し続けるのは想像以上に脳が疲れる。軽く首を回し、意識的に頭を休めないと体がもたない。優れたアイデアは、脳がリラックスしているときに閃くものだ。こういう時間も大事だろうと思い、暮れ行く街並みを感じながら、駅まで数分の散歩を楽しんだ。

しかし、休息はまさしく束の間だった。最寄りの駅に着くと、いつもより随分混んでいると感じた。どうやら人身事故が起こったらしい。

「人身事故」

脳内で繰り返されたその単語が、僕の古い記憶を刺激した。あれは高校生のときのことだった。

「ぎゃあああああああああ」

数えきれないほどの悲鳴に包まれ、平穏な日常が一瞬にして非日常の光景へと化す。現場は緊張感と混乱で騒然としていた。雑踏事故というのだろうか。僕の目の前にいた女性が転げた拍子に、ドミノのように眼前にいた人々が倒れていった。

そして人があふれかえったホームから線路へ男性1人と女性1人が落下し、直後、通過する快速電車に轢かれた。

時速90㎞でやって来た鉄の塊が、非力にも横たわる人間の上を横切ればどうなるのか。二人はどう見ても即死だった。生臭い血のにおいと、たんぱく質が焼ける独特のにおいが風に乗って、ぷうんと僕の鼻へと入ってきた。線路の上にある〝人だったもの〟は、近寄ってきた蚊を両手でパチンと叩き潰し、その後開いた手の中にある〝それ〟のような。〝先ほどまで生きていた何か〟という表現が一番適しているのではないか。そう感じたことを覚えている。

一連の光景を思い出した僕は、あのときみたいに事故に見せかけて、混雑する駅で殺されたらたまったものじゃない。そう思った。あの日以降、電車は必ず後方で待つ習慣がついている。

その瞬間、頭にもう一つのシナリオがピンと降りてきた。それも僕が自ら考えて作った、思い入れの深い物語だった。

＊

人の殺し方というのは、実にさまざまな手法がある。

絞殺、毒殺、射殺、刺殺、撲殺、焼殺……。

そのどれも、人類の体に許容できないレベルの刺激を与えることを指す。「体に必要な酸素を取り込めなくなった」「致死量の毒を飲んだ」「生命維持に必要な量の血を失った」「人体が耐え得る許容の温度を超えた」など、人が死ぬ理由というのはシンプルだ。

どのような複雑な手段をとろうが、結局はある程度のパターンに集約される。しかし、物理的なダメージを与える手法以外でも、人は殺せる。肉体とは別のもう一つの死。いわゆる〝社会的な死〟だ。

社会人8年目、文芸部でヒットを飛ばしていた僕が遭遇した、印象深い事件があった。

同じ車両で僕のそばにいた女子高生が叫び、直後電車は駅に着いた。

「この人、痴漢です!」

そして「この人」と叫ばれた男は、当時の僕より一回りほど年上の、一見普通のサラリーマン。彼はすぐに近くにいた屈強な男性2人に取り押さえられた。ポリエステルの素材でできたおそろいのTシャツを着た、短髪の男性たち。男は抵抗するのを諦めたようだった。近くの駅に連行される際、男の指に結婚指輪が光っていたのを覚えている。

当時人生の絶頂期にいた僕は、自分のすぐ近くにいた男が捕まったことに強い興奮を覚えた。自分の目で見た光景を文章にしたとき、そこには明らかに、想像で生み出したものとは違い、その場にいるかのような臨場感が生まれる。

編集者として日々アンテナを張っていた僕は、この出来事もいつか作品の題材にできるのではないかと不謹慎にも感じていた。ただ、もしかしたら彼の人生ではあの痴漢事件というのは、遭遇する予定のなかった事故だったのかもしれない。ただ一瞬、悪魔が彼にささやいた。痴漢してもバレないんだぞと。家庭を持つ男が痴漢をした。そうなれば、これまで彼が当たり前に過ごしていた日常は、二度と帰ってこない。

これが、僕が恐れたもう一つのシナリオ、〝社会的な死〟だ。

社会的に死ぬというのは、言い換えれば〝精神的〟に死ぬことだ。

体は至って健康で生命を維持しているが、心が死ぬと徐々に肉体も蝕まれていく。つらい。もう無理だ。このまま生きていても仕方がない。死にたい。人生にはそう思ってしまうほど、生きることが耐えがたい瞬間というものも確かに存在する。

連行されていった彼があの後どうなったのかは知らないが、家庭や仕事という、人生を構成する主要なコミュニティは失われたのだろうと推測する。幸せだった人生が、突如どん底に突き落とされる。

そんなのごめんだ。僕は肉体的にも精神的にも死にたくない。

だから絶対に負けない。この勝負、勝つのは僕だ。

固く決意し、予定時刻より大幅に遅れてやって来た電車に乗り込んだ。

*

妻の真由が迎えてくれた。配信用のスマホを2台、大容量のモバイルバッテリーとケーブルを3セット購入し、僕は帰宅した。

「涼君、おかえり。遅かったね」

「ごめん。スマホの充電がなくなって連絡できなかった」

文芸部から異動になったころ、僕は半年間付き合っていた彼女に結婚を申し込んだ。32歳のときだった。短い交際期間だったが、素直で優しい彼女の性格に惚れ込み、「この子しかいない」と僕は確信した。同い年の彼女も、「私でよければ」と承諾してくれた。

「先にお風呂入る？」

「そうするよ。ありがとう」

結婚して7年。僕を支えてくれるよくできた妻だと、いつも思う。

「あ、もう20時だし、ぷう君と一緒に入ってあげて。ぷう君、お風呂入ろっか」

真由は玄関からリビングに向かって声をかける。

「パパー！」

元気よく走ってくる足音が聞こえた。玄関までやってきた6歳の息子が、太ももに抱きついてくる。初めて発した声が「ぷう」だったのでぷう君。この足元にいるそんな気の抜けた愛称で呼ばれる我が子は、僕の人生にとってかけがえのない宝物だった。息子を風呂に入れ、髪を乾かし、リビングへ抱っこして連れて行く。そしてバスタオルを肩にかけ、毎晩真由が作ってくれる夕飯を食べる。今夜のメニューはハンバーグだった。横には煮込んだピーマンが添えてあり、後からコーンポタージュが運ばれてきた。真由の作るハンバーグは絶品だ。絶妙な焼き加減、噛んだときにあふれる肉汁、どれをとっても１００点だった。僕は帰りに今日の夕食はなんだろうと考えるのが楽しみだった。結婚して7年経っても、いつもできたての料理が運ばれてくる食卓。彼女にはどれだけ感謝してもし切れない。
今日は僕の人生を思い返しても、なかなか刺激的な一日だった。いつもより激しく回転して疲れた脳を回復させるかのように、僕は一気に完食した。食器をキッチンへ運ぶ最中、ホッとしたからか眠気に襲われる。今日は早めに寝よう、そう思った。寝室へ向かい、その足でベッドへ倒れ込む。

ついに、僕の人生の集大成とも呼べる物語が始まった。
そう思うと、言いようのない高揚感に包まれる。
僕は大人になった息子の姿、生き様、すべてを見届けたい。
これは息子が生まれた瞬間からの、僕の夢だった。
X、この勝負には君の犠牲が必要だ。
さあ、僕をこれから楽しませてくれ。

*

うずく頭を押さえながら、机に向かう。
ああ。ついに始まった。今頃、立花さんのもとにあの原稿が届いている。
彼はそれを読み、どのように反応してくるだろうか。

ただ間違いないのは、彼の心臓は昂った。そう僕は確信している。

絶対に誰も僕にはかなわない。

完璧な計画は始まったばかりだ。

見ていてください。この勝負、必ず僕が勝ちますから。

＊

目の前に血だらけで倒れている男。そしてその男を庇った女。

生まれてきてから、何度も見てきた顔だった。

惨劇という言葉では言い表せない光景が目の前に広がる。

これまで空想でしか人を殺したことがない僕がイメージしていた景色とは、少し違った。

鼻から出た血が、顎までしたたる。僕は玄関へと走る。

床に並べられていたポリタンクの一つを、リビングへと運ぶ。

横たわる男女を気にする間もなく、フタを開け、中の液体を無造作に撒いた。

床に転がるライターを拾う。

「神様、ありがとう」

そう口に出し、床に火を放った。窓の向こうからサイレンの音が近づいてくる。

背中で熱さを感じながら、僕は玄関へと歩き出した。

# 第二章

# 容姿はコミュ力、殺せよ乙女

「ミサさん、どうでしょうか？」

「すごく素敵だと思います！　このカバーでいきたいです」

私がそう答えると、立花さんはうれしそうな表情を見せた。最初は出版に前向きではなかったが、いざカバーを見ると、本を出すという実感が湧いてくる。

「良かったです。来週はいよいよ情報解禁になりますので、ＳＮＳでの告知をよろしくお願いします。ミサさんほど影響力のある方の担当は初めてですので、僕自身とても楽しみです」

「はい、がんばります！」

私は全力の笑顔で答えた。

１００点満点の表情。目の前にいる彼も気付きはしない。そう。いつだって本当の私を知っているのは、私だけなんだ。

＊

打ち合わせを終えた僕は、ミサを受付まで見送り、自分のデスクへと戻る。

「ミサのエッセイのカバーデザイン、これに決まったよ。どう思う？」

隣で作業していた小野寺に話しかける。

「わあ、めちゃいいじゃないですか。このイラストとか、ミサ好きそうだなあ」

「ベースのアイデアは小野寺のおかげだよ、ありがとう」

僕は思わぬ形で、彼女に救われていた。


単行本ノンフィクション部に異動して7年。当初うちの部署で力を入れはじめていたインフルエンサー書籍は、当然他社でも同じような動きをしていた。めぼしい著者は、この数年間で軒並み出版。いまや頭打ち状態になりつつあった。


そんななか、僕が新しく担当することになったミサは、久々の〝超大物〟だった。

優れた容姿に加え、若者の心をガッチリつかむ軽妙なトークと、手軽に真似できるメイク系の動画で人気を獲得。今やユーチューブのチャンネル登録者は200万人を超える。また、動画にたびたび登場するひょうきんな両親も人気で、この手のチャンネルには珍しくファミリー層からも支持を得ている。各SNSでのいいねやコメント数、ファンの熱狂度でいえば、同ジャンルの発信者を見ても頭一つ抜けていた。

インフルエンサー書籍は、著者の影響力がそのまま部数に直結すると言っても過言ではない。絶大な人気を誇るのにまだ書籍を出していなかった彼女は、業界内でも複数社からアプローチされていた。しかし、彼女はそれらをすべて断っていた。

そんな状況のなか、偶然にも彼女の親友だという小野寺が、ミサの出版の話をまとめてくれたのだ。うちの部署でも「ミサちゃんはなんとしても口説きたい」と、過去に何人かがアタックして断られていた背景もあり、さすがにこの話を聞いたときには驚いた。

通常であれば、小野寺自身が編集を担当するのが筋だ。しかし、入社したての新人には荷が重すぎる案件ということで、直属の上司である僕が主担当となり、彼女はアシスタントとして関わることになった。もちろん、彼女に書籍制作の流れを教えることも目的の一つだ。

この一件により、新入社員のなかでも、彼女が会社にもたらした貢献度は確実に一番になるだろう。この功績には頭が上がらない。先日彼女の母親と会ったこともあり、できるだけ僕のもつノウハウを教え込もうと思った。それが僕なりの誠意のつもりだ。

不思議だったのは、親友の小野寺の口利きだからこそミサが出版を承諾してくれたという経緯から、編集担当は小野寺ではないとダメかと思っていたが、彼女が信頼を寄せる上司ということで、僕が主担当で了承してくれたこと。こうして刊行が決まったミサのエッセイは、制作も順調に進んでいる。

Xから最初の原稿が届いたのは、その最中だった。

僕は警戒して過ごすものの、そこから動きはなく、プロローグと第一章を受け取ったあの日から数日が経過していた。ズボンの右ポケットにはお守りとなる配信用スマホ。お尻のポケットにはモバイルバッテリーを入れるという配信生活も案外慣れてきた。第二章はいつ届くのか。半ば楽しみになっていた僕だったが、今日も原稿が届くことはなかった。

＊

ミステリー小説漬けの生活、そして凶悪事件の考察。僕のライフワークは、決して万人受けするものではない。そんな僕に、息子のおかげで追加された平和な趣味がある。毎週土曜日のお昼過ぎ、いつからか時間はいつも決まってそこだった。

リビングに向かって「行ってきます」と声をかけ、息子の手を引きながら家を出る。

9月初旬。まだ残る夏の気配を感じながら、お決まりのコースを20分ほど歩く。着いた先は、人気の少ないこぢんまりとした公園だった。

周囲は高い木に囲まれており、古びたブランコと滑り台という最低限の遊具しかない。入り組んだ道の先にあるため日当たりも悪く、ほかの子どもの姿はほとんど見かけたことがなかった。誘拐されても気付かれなさそうなここは、親から見ても子どもを遊ばせる場所としてはあまり好まれるものではなかった。しかし僕は、時が止まったかのような誰もいないこの空間が、かえって息子と集中して一緒に過ごせるオアシスだと感じていた。二人きりでいろいろな話をしたり、体を動かして遊ぶ息子を見ていたりするのが、たまらなく好きだ。

息子は、ろくに遊具でも遊べなかった2歳のころとは違い、自発的にいろいろな遊びを見つけて楽しんでいた。特に最近は、ケンケンパのリズムで飛び跳ねる遊びがお気に入り。そんなのどかな光景を目に焼き付けながら思考にふける。

今日のテーマは、子どもにとっての〝常識〟について。幼い子どもにとって、物心つく前から日常的に見ている景色や人は、違和感を抱く対象にはならない。それが普通と異なるものだと気付くのは、いつだって学校やテレビ、ネットなどで〝自分とは違う世界〟に遭遇したときなのではないか。

少し前に「親ガチャ」という言葉が話題になったが、親がどのように子どもを育てるのか。言い換えるなら、〝その子にとってどんな常識を作ってあげるのか〟、それ次第でその子の歩む人生というのは、何色にでも染めてあげることができると僕は信じている。

「パパー、見て。できた！」

ケンケンパで何往復もしていたその道には、息子の成長を感じる美しい足跡が残っていた。僕は、楽しそうにはしゃぐこの小さな宝物をぎゅっと抱きしめた。

2時間ほど遊び、息子にそろそろ帰ろうかと声をかける。帰り際、道端に咲いている花を摘んで持ち帰るのがお決まりだ。息子は花が大好きで、家の中では摘んだ花を花瓶に入れて飾っている。家に着くと、そのまま息子を連れて風呂に直行する。汚れた靴を風呂場に持っていき、週明けに学校に履いて行けるようきれいに洗う。これが僕の土曜午後のルーティンだった。これに対して真由は、「涼君のおかげで、この時間はゆっくりできてうれしい」と言ってくれる。僕たちの夫婦関係は至って良好だ。これが一般的な幸せなのかな、と僕は思う。

そして、僕にとって平和な趣味はもう一つあった。

＊

僕は、年齢というのはただの数字だと思っている。

その人を表す人格は結局のところ、人生の中で見たもの、感じたこと、体験したこと、考えたもの。あらゆる経験が、その人の性格になり、価値観になり、人格となる。

しかし、年齢が世間的に見ても分かりやすい指標であることも事実だ。人を見た目で判断する「ルッキズム」という言葉を最近よく耳にするようになった。年齢も同様で、その人の年にもとづいたステレオタイプな価値観で人を判断する「エイジズム」という言葉もあるらしい。「いい年してそんな服を着るのか」などの意見がこれに該当する。まあ、「人を見た目で判断するな。人間は中身だ」とはみなよく言うが、所詮そんなのはきれいごとである。

僕は結婚していて子どももいる。異性からモテたいという欲求はもうほとんどない。ただ、見た目が良くて損することは、今の世の中でほとんど皆無と言っていい。人は無意識に、容姿が整っている人間には対応が変わるものなのだ。

ビジュアルが良いというのは、生まれながらのアドバンテージである。〝優れた容姿の人間しかつけない職〟というものがこの世にあることからも分かる通り、これは残酷な事実だ。ほとんどの男が電車で美人が隣に座ってくれれば悪い気はしないし、ほとんどの女性も、自分に道を尋ねてきた青年がアイドルのようなイケメンだったら無視することはないだろう。これを外見的な有利といわずしてなんと表現すればいいのだろうか。

「中身重視」という言葉も、大抵の場合は「最後は」という枕詞が付いていることが多いように思う。人というのは〝自分が接するに値するか〟を判断するのに、まずは見た目から入ってしまう生き物なのだ。このようなことを、僕は日々の自分と向き合うなかでつらつらと考えている。この思考に至ってからは、これからの人生を生きやすくするため、外見を磨こうと決意した。そして僕は、新しい趣味をもった。

それはいつも決まって日曜日の朝6時から始める。

まだ寝ている二人を起こさないよう、静かに起きてキッチンへ向かう。真由が冷凍してくれているおにぎりを、電子レンジで温めて胃に放り込む。続いてプロテインを中心に、ＥＡＡやマルトデキストリンといったエネルギー源を入れたドリンクを作る。そして身軽なジャージに着替え、ナイロンでできた小さめのリュックを背負うのがお決まりのスタイルだ。

そっと家を出た後は、夏と秋が混ざった涼しい風を感じながら10分ほど歩く。そうして見えてきたガラス張りの建物の入り口で電子キーをかざし、エアコンが利いた冷やかな空気、金属同士がぶつかる音、激しく流れるＥＤＭたちが僕を迎える。

そう、僕はジム通いに目覚めたのだ。僕が通うジムは全国にチェーン展開する大手ということもあり、いつも多くの利用客でにぎわっていた。同世代に見える筋骨隆々な男性たちが、各々肉体を追い込んでいる。僕も彼らに交じって、１時間ほどトレーニングに勤しむのだった。

今日は「脚の日」。脚は、筋肉が体の中でも最も大きい部位だ。そのため、追い込むとほかのどの部位をやるよりも息が上がり、つらい。その分、やり遂げた後に訪れる達成感や、胃にぶち込むプロテインのおいしさというのも格別だった。入念にストレッチをした後、いつものトレーニングメニューをこなした。配信用のスマホが邪魔だったが、手放すわけにもいかないので、ポケットに入れたままその日のトレーニングを終えた。

限界まで追い込んでいる間は、正直Xのことを忘れていたように思う。こういった公共の場で犯行に及ぶというのは、多数の証拠が残り、僕はXが何か仕掛けてくる可能性は極めて低いと思っていた。過去に発生した事件の傾向として、長年犯人が捕まらなかったものや未解決に終わったものは、大抵その犯行現場は被害者の自宅であることが多い。現代の日本には、さまざまな場所に監視カメラがあるし、公の場で犯行に及ぶこと自体が完全犯罪を破綻させるリスクが極めて高くなる。

四六時中ずっと警戒するというのは、精神衛生的にも良くない。むしろそのように怯えてしまうと、冷静な思考ができなくなると僕は感じていた。そのため、日常生活と僕の思考に支障が出ないよう、警戒が必要な状況と、そうでない状況を見極めながら生活するようになっていた。普段から変わった行動をとることで、真由に僕が陥っている状況がバレてしまうリスクもある。僕の計画を達成するためには、彼女にはいつもと変わらないでいてもらわないと困るのだ。

＊

「立花さん、多分あれが来ています！」

週明けの月曜日。いつものように出社すると、慌てた様子の小野寺が待っていましたと言わんばかりのテンションで声をかけてきた。

ついに来たか。

なるべくリズムを崩さないように日々過ごしていたが、ここ数日でXが打ってくる次の一手はなんなのか。自分はどのように立ち回ればXに勝てるのか。さまざまなシナリオを頭に描き、シミュレーションしてきた。これほどまでに続きが気になる物語は初めてだと、改めて実感する。

デスクに向かい、見覚えのある無機質な茶封筒が目に入る。消印は相変わらず「東京中央」だ。

僕は物語の続きを読み進めた。

## 第二章

「ああ、あいつを殺してやりたい」

初めて僕の中に発生した、純粋な感情。

心がそういう動きを見せたとき、普通の人は理性というブレーキが歯止めをかける。

法律。殺人。罪。包丁。警察。我慢。刑務所。

さまざまな単語が脳内を巡り、最終的に実行に移すことはない。

ただ、僕の脳はどうやら違った。

そいつの顔を見るたび、声を聞くたび、「いなくなればいいのに」という気持ちがうごめく。
それを初めて実行に移したのは中学2年生のときだった。
大柄な体格。声と鼻をすする音が無性に大きい。
クラス内のカーストは上の下。
僕の顔を見て罵り、あざ笑う。平然と人に嫌なことを言う。
先生が怒らない範囲で暴力を振るう。
いつも大笑いをし、随分と楽しそうに生きている。
僕が初めて〝削除〟したのはそんな奴だった。

お盆に入ったころ。
クラスのみんなで海に行った。
担任も来た。
ただ、学校行事ではない。
みんなで思い出を作ろう。
終業式のホームルームでうるさい女が仕切ったのだ。
日程と場所はとんとん拍子で決まっていった。

僕は人前で裸になることが本当に嫌だった。
ガリガリ。骨。ホラーマン。感染る。近づくな。お化け。
何度聞いたか分からない、僕のあだ名。
もっとあったが、後はもう覚えていない。
僕に忌々しいあだ名がついた発端は、もちろんあいつだった。
海なんて普段なら絶対に行かなかった。
ただ、その日は人生で一番楽しみな日だったのだ。

絶好の海日和。そんな日だった。
しかし、腐った人間はそんな景色を目の前にしても変わらない。

更衣室。
僕は目立たないよう、一番奥のロッカーを使う。
あいつにとって、そんなことは無意味だった。
着替える僕を、あいつは羽交い締めにした。
何も着ていない状態の僕。
男子全員が笑った。
先生はいなかった。

ここまではいつものこと。
しかし、その日のあいつは浮かれていた。
僕は抱え上げられ、そのまま隣の女子更衣室の入り口に投げ飛ばされた。
コンクリートに打ち付けられ、腰に激痛が走る。
すぐには動けなかった。
出てきた女子らと目が合う。
大きな声で叫ばれ、激しく罵倒された。
僕は必死に這いながら、更衣室に戻って着替えた。

みんなの汚い騒ぎ声が聞こえた。
僕の想像通りだった。
けれど海は僕の想像以上に温かかった。
地面で擦った傷口に海水がしみた。
僕はじっくりと機会をうかがった。

あいつはサングラスをかけ、遊泳ラインギリギリのところで遊んでいた。
大人の足でも届かないほどの深い位置にいる。
しばらくすると、あいつの友達は砂浜に向かい泳ぎ出した。

あいつは一人になった。

でも、まだだ。

僕は遊泳ラインのずっと先、爆音を立てて走る水上バイクを目で追う。

来い。こっちに来い。

ゴーグルをかけたまま、僕はひたすら待った。

そして神は僕の味方をした。


大きな音を立てて往復するバイクは、これまでに一番近い距離に来た。

今だ。僕は息を吸い込み、そのまま大きく沈んで、あいつの足元をめがけて泳いだ。

もう腰の痛みは消えていた。

目の前にあいつの大きな尻と太ももが現れる。

真後ろにいる僕には気付いていなかった。

僕は隠し持っていたナイフを取り出し、あいつの脇腹近くで構える。

水上バイクのほうから大きな波が来た。

その瞬間、あいつの体が砂浜側に流されるのをせき止めるように、脇腹にナイフをねじ込んだ。

8cmほどあった刃が、一瞬にしてあいつの体の中に消える。

深いところまで刺さった。

そして左手であいつの体を押さえ、グリグリとえぐりながら抜いた。
苦しい。息が持たない。
僕はギリギリのところで海面に出た。
口から思いっきり息を吸い込む。
ナイフは抜いた勢いで手から消えていた。
腹を刺しただけでは人間は死なない。
あいつはまだ生きている。
トドメを刺さなければ。
僕の体は動いた。
苦しそうな表情でほぼ無抵抗になったあいつの首を持ち、思いっきり水中に沈める。
地獄に落ちろ。二度と生まれてくるな。
そう念を込め、下へ下へと押し付けた。
中学に入ってからの1年半。
僕を苦しめたあいつは、この世から削除された。
ほんの数分にも満たない出来事だった。

復讐は終わった。
僕の中に残っていたのは、虚無感と高揚感が混ざり合った複雑な感情だった。

もう警察にバレて捕まってもいい。
刑務所のほうが学校よりラクだと思っていた。
しかし、奇跡が起きた。
あいつの遺体は見つからず、僕の犯行も誰にも見られていなかった。

そんなことがあるだろうか？
僕は捕まらなかった。
神は本当に僕の味方をしている。
心からそう思った。
あいつをちゃんと地獄に落としてくれたのだと僕は解釈した。
しばらくは、あいつがどこに消えたのか学年中の話題となった。
しかし、学年が上がるころには、誰も触れなくなっていた。
こんなラッキーは二度と起こり得ない。
次もし人を殺すのであれば、僕はもっと計画的にやろうと考えた。

立花の死まで残り●日

追伸　息子さんと遊んで楽しそうですね。

読み終えた僕は小野寺に黙って原稿を渡し、頭をフル回転させる。

封筒には原稿だけでなく、公園に向かう僕と息子の写真が添えられていた。ある程度は警戒していたが、尾行されていたのだろうか。Xは確実に近づいてきている。もしかしたらXは、想像以上に切れ者なのかもしれない。

「小野寺はどう思った？」

原稿を読み終えた彼女に僕は尋ねた。

「この写真、立花さんですよね。これはもう立派な証拠です。さすがに警察に行くべきじゃないでしょうか」

彼女は落ち着いた声で言った。やはりそう捉えたか。

「書かれているストーリーはどう思った？　ミステリー小説の観点で考えてみてほしい」

彼女は少し時間をください と言い、原稿をじっくりと読み込む。分かったら声をかけてくれと伝え、10分ほどが経過した。

「私、彼の気持ちも分からなくはないと思いました。いじめられたことがないので、あくまでも想像ですが、相当につらい環境で生きてきたんだと思います」

喉まで出かかった「感想だね、それ」という言葉を飲み込み、僕は「それで？」と問い返した。

やはり、彼女は愛情をたくさん注がれて育った優しい子なんだと思った。

「殺害予告ではなく、ミステリーとして読んだ場合、おかしな点が一つあると思いました」

「どこがおかしいと思った？」

「彼があいつと呼ぶ同級生をナイフで刺すシーンです。文章だとここです」


水上バイクのほうから大きな波が来た。

その瞬間、あいつの体が砂浜側に流されるのをせき止めるように、脇腹にナイフをねじ込んだ。

8㎝ほどあった刃が、一瞬にしてあいつの体の中に消える。


「なるほど、それで？」

「そもそも彼は、自分を軽々と持ち上げるような大柄な同級生を殺すには、地上じゃダメだったから海を選んだのだと思います。ナイフで刺して人を殺すのって、返り血で手が滑ったり、骨に当たって浅いところまでしか刺せなかったり、体重かけて強い力を込めないと上手くいかないみたいなのを何かで読んだことがあります」

「よく知っているね。つまり、どういうことか分かる？」

「だから彼は、体格差のある同級生を殺すために、『波の力』を利用することにしたんだと思います。私、夏は毎年海に行っていたんで分かるんですけど、ちょっとでも強い波が来れば、大人でも何メートルか移動させられるんですよね。1時間もすれば、もとの場所から全然違うところまで流されるとかよくありました」

なるほど。彼女の考察はいい線をいっている。

「だからそんな自然の力を借りて脇腹を刺した……。脇腹を狙った理由は、背中や心臓とは違って、まだ骨が少ないからだと思います。ここまでは理解できます。でも私、この部分が引っかかるんです」

そう言って彼女は原稿の一節を指でなぞるように示してきた。

その瞬間、あいつの体が砂浜側に流されるのをせき止めるように、脇腹にナイフをねじ込んだ。

「彼はどうして自分だけ流されずに、相手をせき止めることができたんでしょうか？　彼より大きな同級生が流されるくらいなんだから、どう考えてもせき止めるなんて無理じゃん！と思ったんです」

予想外だった。どうやら彼女は、この短期間でなかなか成長したらしい。


目の前にあいつの大きな尻と太ももが現れる。

真後ろにいる僕には気付いていなかった。

僕は隠し持っていたナイフを取り出し、あいつの脇腹近くで構える。


「これって要は、犯人が後ろから近づいて、波の力を使って脇腹を刺したってことですよね。位置関係だと、あいつの真後ろに犯人がいる状態ってことです」


水上バイクのほうから大きな波が来た。

その瞬間、あいつの体が砂浜側に流されるのをせき止めるように、脇腹にナイフをねじ込んだ。

8cmほどあった刃が一瞬にしてあいつの体の中に消える。

「ただ、この文章を信じるなら、やっぱり刺すなんて不可能ですよね。だって二人とも波に押し流されてしまいますから。犯人がまるで海底から突き出た棒みたいに、動かず固定されていたら別ですけど……」

一通り話し終えた小野寺を見て、僕は感心していた。

「やるね。僕もそこが引っかかった。恐らくこの話は、彼の想像で書かれたフェイクだろう」

彼女はこれまでの真剣な表情と打って変わって、喜びの笑みを見せた。

「やっぱりそうですよね！　立花さんに褒められるの初めてなんでうれしいです」

「ここまでちゃんとした考察が聞けるとは思ってなかったから、びっくりしたよ」

本心から言ったその言葉は、彼女のテンションをさらに上げる。

「あ！　あとこの犯行がもし本当だったとして、もう一つ引っかかりました。犯人は警察にバレてもいいって書いていましたけど、じゃあ地上で襲って、後ろから首を刺せばいいじゃんって思いました。わざわざ運要素の強い海中で犯行に及んだのは、心のどこかで警察には捕まりたくない……というか、多分バレたくなかったんじゃないでしょうか」

僕は頷く。彼女は文芸部でもやっていけるんじゃないかと思った。

「それに、どうして遺体が見つからなかったのかも気になります。普通はどこかに流れ着くものじゃないですか？」

「その通り。この話の最大の違和感はそこだね。偶然大きなサメに食べられてしまいました、なんてこともないだろうし。やっぱりある程度は捏造された話だと思うよ」

新入社員の成長を喜びながらも、僕はこの文章を書いたXの狙いがなんなのかを考えた。

「気になるのは、なぜ今回の原稿にミスを残したのかだね。これには小野寺でも気付いた。もし彼がそれなりの物書きで、評価される小説を書きたいのであれば、こんなミスは残さないだろう」

「わざとということですか？　何かの狙いがあったということですかね？」

「そう考えるのが自然だろうね。もしかしたら、僕にミステリー編集者としての資質がまだ残っているのかを試してきたのかもしれない。奴はどこか僕に期待してくれているような雰囲気を出していたから。ここに気付かないような無能なら殺す、みたいなシナリオなのかもね」

「人の命をそんなゲームみたいに扱って……。今更ですけどこいつ狂っていますよ。ちょっと気分悪くなったので、お手洗い行ってきます」

彼女はそう言って早足に消えていった。

一人になった僕は、仕事に戻る気分になれず、思考にふけっていた。小野寺ですら気付いた、原稿の粗い箇所も気にはなる。しかしカウントダウンが1桁になっている件については、それよりもっと重要なことだと感じた。

立花の死まで残り●日

今回の原稿が届いたのは、前回からちょうど1週間後だ。前回のカウントダウンの数字が最小の10と仮定すれば、僕は3日後に運命の日を迎えることになる。また、最長でも現在の数字が9になるので、Xがごていねいに予告してきた計算だと、どの道僕には地上に出たセミ程度の寿命しか残されていないことになる。長くても、およそ10日間。

次の一手はどうくるか。これまでの流れから僕は、Xは次回の原稿で「僕をどう殺すのか？」を綴ってくると予想している。決戦の日はもうすぐだ。

＊

「真由、ちょっとお願いがあるんだけどいいかな？」

息子が寝たことを確認し、リビングでパソコンを触っていた彼女に僕は声をかけた。

「どうしたの。そんなに改まって」と、彼女はパソコンを閉じながら言った。

「近々、もし家に誰か見知らぬ人が来たら居留守を使ってくれないかな。絶対家には入れないでほしい。実は、最近ちょっと変な奴に付きまとわれているかもしれないんだよ」

あまり心配をかけたくなかったが、僕のプランを成功させるには真由の協力が必須なので、なるべく表現をマイルドにしながら打ち明けた。

「え？　大丈夫なの？」

「うん。でも、もし何かあったら怖いからさ。あと、僕宛てに来た郵便物も、開封しないでほしい」

「分かった。ちょっと不安だけど……」

「命が狙われている」なんて言うと、恐らく純粋無垢な彼女は気がおかしくなってしまう。彼女には必要最低限のことだけを伝えておけばいい。

「私からもちょっと相談いいかな？」

真由が何かを相談してくること。その大半は息子のことだった。

「今日学校の先生から電話があったんだけどね。ぷう君、勉強についていけていないみたいなの。まだあの子1年生じゃない？　これからどうしようって心配で……」

やっぱり息子のことか。僕の脳は、彼女の不安を取り除いてあげながら安心できそうな解決策を探しはじめた。

「知らなかったな。ついていけていないっていうのは、どれくらい？」

「それが結構なレベルみたいで……。まわりの子が90点は取っているようなテストで、あの子だけ40点くらいなの。小学校の勉強ってさ、1年生で苦手になっちゃうと2年生でそのツケが回ってくるじゃない？　それが3年生、4年生ってどんどん膨らんでいくと、ずっと勉強が苦手なままになっちゃいそうで……」

「なるほどね。ただ、この時期から塾に通わせるのも、小学校にも慣れていないし、体力的にきついと思うんだよね。だから2年生になるまでは、様子を見ながら苦手意識をもたないような範囲で勉強を見てあげるのはどうかな？」

悪くない提案だと思った。ただ、今日の真由は相当思い詰めているのか。僕の提案に納得できないようだった。

「そういう意見も分かるんだけど、私は対策するなら早いほうがいいと思う。涼君も知っていると思うけど、私は昔から勉強苦手で逃げてきてさ。将来のこと決めなきゃなって時期にどうしようって苦労したから。あの子にはそうなってほしくないの」

息子を塾に通わせる。まだ6歳の子が、小学校で一日過ごした後、塾で夜まで勉強するのはさすがにハードだと思った。第一、本人が行きたいと言っているわけでもない。

「確かにその通りだと思う。だけど、本人がやりたいと言っていないことを押し付けるのは、ちょっとどうだろうって思ったな。いきなり塾に通わせるんじゃなくて、まずは家庭学習から入って慣らしていくのが良いと思う」

僕は感情を抑え、優しく諭すように言った。

「うーん、確かにそれはそうかもね。私もちょっと考えてみるね」

彼女はひとまず納得したようだった。ああ、これぞ完璧な計画通りの流れだ。僕は口から出かかったその感情を、しっかりと飲み込んだ。

＊

Xは次の原稿で、僕の殺害方法を書いてくる。
昨日、そう予測していた僕の期待は、大きく裏切られることとなった。出社した僕のデスクには例の茶封筒があった。一瞬昨日の原稿をしまい忘れたかと思ったが、これまでのものは、封筒含めてすべて僕のカバンに入っている。まさかこんなにも早く次の原稿が来るとは。

第三章

立花さん、僕と会いましょう。
大丈夫です。殺しはしません。
連絡先：mysterymania@ygmail.com

Xは、僕が思っている以上の人間だ。
頭の中でシナリオを書く。僕は最善の一手を考えた。

＊

「ミサ、実はみんなに言ってないことあるねん。長い間準備してたことやねんけど、それを言っていいのが明日やねん。え？　コラボ動画？　違うねんなあ。イベント？　それもちょっと違うねんなあ。多分これは当たらへんと思う。みんなに伝えられること、ミサはほんまに楽しみで仕方ないわ。これまでいっぱい動画撮ってきたけどさ。もう一番大変やったって言ってもいいくらいに頑張ったことやねんな。みんな、明日の動画は絶対見てな！　じゃあまた明日！　ばいばい！」

撮影中になっていたカメラのボタンを押し、生配信を終了する。最後のボタンを押す瞬間まで、私はファンの求めるミサの顔を演じる。その小さな録画ボタンは、もはや私自身の電源スイッチと化していた。

ああ〜、やっと終わった。この体調で2時間喋りっぱなしは、本当に死んでしまう。だめだ。今日は今年に入って、一番と言ってもいいくらいに頭が回っていない日だ。定期的に来る謎の偏頭痛が止まらない時期と、連日の睡眠不足が重なっている。そんな感覚。あーやだー、また肌荒れちゃう。マジ無理すぎ。このままお風呂入って、スキンケアだけはするか。そんで12時間は寝たい。一段落ついた安堵からか、私の心の中では独り言が止まらなかった。

時刻は23時半。しかし、まだ私の一日は終わっていない。

「ああ〜、今日はあかん。まだ寝たらあかんねん。ここから本の告知動画を撮って、編集せなあかん。がんばれミサ～」

声に出して自分に言い聞かせる。優香と立花さんにも迷惑かけちゃうし、もう動画で言ったからにはやるしかない。もう一がんばりしてから、いっぱい寝てやろう。今日はあとちょっとで終わりだ。やれ。動け。今すぐに。今度は声に出さずに自分に言い聞かせて、撮影の準備に入る。

通知が来て撮影が中断されないよう、スマホを機内モードに設定する。カメラを起動して動画の録画ボタンを押し、三脚にセッティング。よし、撮るか。画面に向かって表情を切り替える。

「タイトルにもある通り、ミサ、実はみんなにずっと隠していたことがあります」

出版という明るい内容の告知動画だが、視聴者を惹きつけるためにわざとトーンを落とす。人間というのは、いつの時代も他人の不幸が好きだ。カメラの前で話すだけで、編集した後の絵が自然と頭の中に浮かぶ。最初のBGMは無音でいこうと思った。世間が求めるミサを演じるうちに、私はもう何も考えなくても表情と口が動くようになっていた。

「なんとこのたび、ミサの本『心も見た目もメイクする』を出版することになりました！」

手元に本はまだないので、本のカバーは私の右側に編集で出そうと、右方向を両手で勢いよく指差した。が、違う。それよりも私の正面に本を出すほうが目立つな。撮り直すか。先ほどのセリフを、寸分の狂いもないトーンで言い直す。両手の動きは投げキッスをするような形に変更し、正面に突き出した。

「ほんまに長い間準備して、これで出していいんかなってめっちゃ悩んで、ようやくみんなに読んでほしいと思える一冊ができました」

本を出していいのか悩んだこと、これだけは事実だった。

「内容なんやけど、ミサのこれまでの人生を振り返るエッセイで、メイクのこともいっぱい紹介しています。この本でしか話していないこともいっぱいあるから、ほんまに読んでほしいな～。それで、えっと……」

だめだ。普段ならスラスラ出てくる言葉が珍しく出てこない。

ここまで来た。もう、戻れない。

出版は動画とは違う。私の書いた文章が印刷され、本屋さんに並ぶ。それがみんなの家に置かれる。私が死んでも残り、読まれ続ける。実際に形として残る。ああ、こんな気持ちになる気がしていた。だから本を出すことは、ずっと拒んできた。負の感情が、心の器からブワッとあふれ出して止まらなくなった。

あーあ、本なんて作らなきゃ良かった……。

そう思った途端、胸がギュッとした。顔中が熱くなる。涙が頬を伝う。一旦休憩しよう。そう思って立ち上がろうとする。でも、〝ミサ〟の体は動かなかった。

マイナスの感情に支配されたとき、私はその気持ちを止めようとはしない。私の中に生まれた汚い言葉は、大体いつもその場でスマホのメモに書き殴る。もちろん、そこで吐き出した汚物は、誰にも見せることはできない。

未来にまったく期待できない。すべてが絶望。こんな人生ならもういらない。みんな消えて死ねばいい。

この気持ちを色で表すなら、絵の具をぐちゃぐちゃに混ぜた鈍い色。でも不思議なことに、5分くらい指を動かせば、だんだんその淀んだ色は浄化される。真っ白とまではいかないものの、そこそこ晴れた空のような明るさを取り戻してくれる。私は本当の自分、そしてミサの扱い方を完璧に分かっていた。

でも、今日は違った。体と精神に溜まった疲労からか、スマホを手に取る気になれない。何より、スマホは今目の前にセットされている。この場から立ち上がり、三脚から外し、それをまたはめ直すという単純な作業すら億劫だった。とにかくここから動いて、いちいち気持ちを綴るのがだるかった。

まあ、いっか。そう思った私は、ドス黒い感情を吐き出す自分の姿を、思い出として撮ることにした。どうせ編集するのは私だ。いつものように散々吐き出した後、動画はいらなくなったら消せば良い。このマンションは防音だし、カーテンも閉めている。目の前のスマホも機内モードだ。誰にも見られていない。

私を包み込んだ絶対的な安心感は、〝ミサになっている私〟が固く閉ざしていた心の扉をこじ開けた。カメラに向かって、何も考えず思いのままに感情を吐き出す。

「あああああ！！！！！　もう無理！　疲れた！　何がミサだよ！　ごめんだけど私って全部嘘でできてるから！　ミサはもうぜーんぶが嘘！　あんたらが欲しがる要素を詰め込んでいるだけ！　実在するけど架空のキャラだし、あんたらがしんどいときに気持ちいいことを言ってくれる、都合が良い存在！　誰も気付いてないと思うけど、関西弁も嘘。標準語じゃポジション取れないから使っているだけ。関東の人って方言がやたら好きだもんね〜。ほんとバカみたい。ここだけの話、最初は博多弁にしようかなって思っていたの。でも人口的に関西弁選んだほうがファン増えて儲かると思ったんだよね〜。私はお金が大好きなの。日本中の女の子をかわいくするなんて言っているけど、あんなの全部建前でーす。お金は裏切りませーん、諭吉しか勝たん。てか、面長さんが輝く芸能人級メイク？　一重さん向け整形級アイメイク？　どんなぽっちゃりさんでも痩せて見えるお手軽神メイク？　もう自分で言ってて笑っちゃうよ。残念でした〜。そんなもん気休めですから〜。かわいくなりたいなら、とっとと金貯めて整形しろよカスどもが。金ないじゃないんだよ。ないなら稼ぐんだよ。女なら体売ればいいんだよ。きたねえおっさんのちんこ舐めて股開けよ。その覚悟ないならかわいくなりたいなんてほざくな。メイクだけで人生変わるとか、舐めすぎなんだよ。頭大丈夫？　脳みそある？　ちゃんとググった？　死ぬ気で勉強した？　どうせろくに努力もしてねえくせに、高望みするんじゃねえよ。本気でやることやってないくせにすぐ死にたいとか言うなよ。死ぬことに抵抗ある間は生きたいってことだからね。頭では死ねないって分かってるくせに口だけでイキるなよ。ダセえから。てかさ、なんでみんなそろいもそろってメイクで誤魔化そうとするの？　なんで本気で痩せようとしないの？　見た目がいいと死ぬまでずっと得するんだよ？　キモいおっさんとセックスしてでも、自分の気持ちを殺してでも、手に入れる価値があるものなんだよ？　私の顔は全部作りものなの。でも自然すぎて全然分かんないでしょ？　日本で一番カウセ行ったの、多分私だからね。てか、本当の顔なんて晒せるわけないじゃん！　あんな顔だと生きている価値もないから！　まあこの顔も全然気に入ってないけどね。まだまだ80点くらいだし。私的には１００点の顔にしたかったけど、あまりにもお顔が強すぎると、視聴者の参考にならないから動画出しても伸びないの。伸びない動画は意味がないの。お金にならないの。この上の中くらいのほどよい顔、これはミサの顔したマスクだから。もっと稼いだらこのマスクは卒業するから。あとさ、なんでみんな整形しないの？　『整形は悪』って言う奴は、嫉妬で言っているだけだからね。『親にもらった体を傷つけるな』って言う奴は虫歯になっても歯を抜くなよ？　ガンになっても手術するなよ？　『将来生まれてくる子が〜』とか言っている奴、まだ生まれてもねえ他人のガキの心配する前に、負けっぱなしの自分の人生を心配しろよ。あと、子どもからすれば、整形したいって正直に相談できる親のほうがいいからね。自分の知らない世界を、古ぼけた価値観でバカの一つ覚えみたいにダメとしか否定しかできない親のどこに価値があるの？　整形は立派な努力だからね。ズルい裏技でもなんでもないの。お金も勇気もいることなの。かわいくなりたいって思うのは美意識が高い証拠なの。欠点を見つけるのは自分と本気で向き合ってる人だけなの。偉いんだよ、自分と真剣に向き合うことって。逃げるはラクだが後で泣くだからね。ちゃんと嫌なことから逃げないほうがいいに決まってるから。そんでもって、見た目のことで悩んで何が悪いよ？　理想が高くてあんたに迷惑かけてるのかよ。どう考えても毎朝鏡見て明るい気分になれるほうがいいだろうがよ！　チヤホヤされて過ごす生活のほうが楽しいだろが！　分かる？　容姿はコミュ力なんだよ？　何もしてなくても向こうから話しかけてくれるの。同じミスしてもかわいかったら怒鳴られないの。選べる仕事も増えるの。それだけ世間の扱いが変わったら考え方も変わるの。明るく前向きになれるの。見た目が醜いと、どんなに努力してがんばっても意味がないの。普通に生きていることすら許されないの。私はどっちも経験したし、これがどんなにおかしいことか分かるよ。世の中は理不尽だよね。でも、もうあのしんどかったころには死んでも戻りたくない。あと、何が顔より中身だよ。内面の一番外側が外見なんだよ。見た目のいい女は毎日努力してんだよ。お前らクソオスが好きなのは、そういう女なんだろうがよ！　あと、性格のいいブスより、性格のいい美人のほうが圧倒的に多いからね。ブスは大概こじらせていて、お前らの嫌いなメンヘラだからね。顔のいい子は金持っているイケメンと結婚して、そこからまた顔のいい子が生まれて育っていくんだよ。裕福な家で教育受けてビジュ良い子だよ？　きっと親孝行もするような子になって、いい職業に就いてバカみてえに金稼ぐんだよ。もうあとはその繰り返しだから。分かる？　持っている奴は全部持っていて、持っていない奴は何も持っていないんだよ。『顔より中身』論。マジでキモすぎる。あ、親で思い出したわ。たまに動画に出てくるミサのママもパパもやらせだから。あれ、ミサが仕込んだ役者さんだから。仲良かったパパとママはもういないから」

＊

美沙が5歳のとき、パパは交通事故でこの世からいなくなった。本当に心から大好きだった。パパがいたころのママは優しかった。「元気でいればいいの」が口癖で、幼稚園の帰りには、私が欲しいと言ったお菓子はなんでも買ってくれた。

でも、パパが死んでから、私の家はどんどんおかしくなっていった。家にはよく新しい男の人が来て、私が小学2年生になったとき、ママは新しいパパと結婚した。新しいパパはママと結婚する前、私にすごく優しかった。いい人だと思った。もうパパはいなくなったけど、これからまた家族3人で暮らしていけるんだと思った。でも、新しいパパは、ママがいないところで私を叩いてくる人だった。

「よりにもよって、なんでこんなブスを育てないといけないんだよ」

パパが絶対に言わなかったことを、そいつは私に平気で言ってきた。

そこからは地獄みたいな毎日が始まった。ごはんとお菓子を食べることが好きだった私は、まわりのみんなよりちょっとだけふくよかだった。でも、死んだパパは毎日「美沙は世界で一番かわいいね」と言ってくれていたから、学校でデブとかブスとか言われても、みんなが勘違いしているんだと思っていた。

ただ、学校では暴言を吐かれ、家に帰ったら新しいパパに叩かれる生活が、小学校の間ずっと続いた。中学に上がるころには、私の心はぐちゃぐちゃに歪んでいた。


コンプレックスはいつだって他人が作る。

自分では当たり前だと思っていたものが、ふとしたきっかけで他人によって異常だと知らされる。

ある日、私はこれまでかわいいと信じていた自分の顔が無理になった。写真を撮られるなんてもってのほか、いつしか鏡を見ることもできなくなった。まわりの笑い声は自分が笑われているのではないかと思い、心がざわついた。それでも学校に行き続けることができたのは、そんな私にさえ仲良くしてくれた子がいたからだ。

それが優香と香織だった。二人とも学年で一位、二位を争うくらい整った顔立ちをしていた。かわいくてスタイルも良くて、そのうえ明るい性格の完璧な二人。片や、すべてにおいて対照的な私は、もちろん親友と呼べるほどの関係ではなかった。

ただ、教室で毎朝挨拶をしてくれたり、ちょっとした勉強の相談をできたりと、小学生のころにはなかった交流を持てただけで私は幸せだった。

しかし、都合の良い話には必ず裏があった。

＊

私は小学生のころから、休み時間というものが大の苦手だった。先生がいなくなった教室には、自由が訪れる。自由というのは、言い換えるならば無秩序だ。

私がいじめの標的になるタイミングは、決まって休み時間。最初は次の授業の教科書を読んだり、学校の図書館で借りた本を読んだり、もう片付けるところがない自分のロッカーを整理整頓するフリをしたりして過ごしていた。そんな私に、クラスメートたちは容赦なく罵声を浴びせてくる。いつしか教室にいられなくなった私は、授業が終わるとトイレで過ごすようになった。ブスだの豚だの、嫌なことを言ってきたのはほとんどが男子だったから、奴らが入れないトイレだけが安息の地だった。

中学2年生になってからも、この習慣は変わらなかった。

同じトイレにばかりいるといつかバレそうだったので、人気のないトイレを転々として過ごしていた。もちろん、入り口にある鏡は絶対に視界に入れない。そして私は何ヶ所かのお気に入りを見つけ、なかでもダントツで気に入っていたトイレがあった。

そこは、ほかより個室が広いのにほとんど使われておらず、長時間過ごすには最適な場所だった。入り口に芳香剤があったこともあり、トイレの嫌なにおいもほとんどしない。2年生の校舎からは若干の距離があり、美術室や生物室などがある校舎の最上階。50分ある昼休みでさえ、ほぼ誰も来ない聖域だった。毎朝自分で弁当を作り、4時間目が終わると、それを持って一番奥の個室に入る。これが私の日課だった。

そんなある日のことだった。珍しく遠くから近づいてくる何人かの足音、そして笑い声が聞こえた。嫌な予感がした。来るな、嫌だ、来ないで。そう心の中で唱えたが、いくつもの声の主は、私の聖域へと侵入してきた。

「ねえ、結局どうするの？」

知らない女子の声だった。

「ここだけの秘密にしてね。私、付き合おうかなって思っている」

私が口に出したことがなく、今後も言うことがないであろう言葉。その言葉を発した声の主を私は知っている。香織だった。2人か3人ほどの黄色い声が響く。彼女の秘密を勝手に知ってしまった。聞いていいのかという罪悪感に駆られたが、私はどうすることもできずにひっそりと息を潜めた。そこから話題はクラスメートの噂話に移行し、扉の向こうの彼女たちはしばらく盛り上がっていた。聞こえてくる内容すべてが、私の知らない学校の話のように思えた。

次はなんの話題が来るのかとそっと聞き耳を立てていたそのとき、1人の子が静かに言った。

「てか、香織にずっと聞きたかったんだけどさ。1年のとき、たまに話していたデブの子いたじゃん？　あの、なんだっけ……。まあ名前忘れたけどさ。香織ってあの子と仲いいの？」

知らない声だった。彼女の言葉が私の全身に突き刺さる。鼓動がドンドンと早くなる。

「あ、美沙ちゃんでしょ。これもここだけの秘密ね」

そう静かに言った香織の声に、一瞬の静寂が訪れる。

「あんなの、仲いいわけないじゃ〜ん！」

私の知らない香織の声だった。手を激しく叩く音、そして汚い笑い声が響いた。

「なんかああいう子にもちゃんと挨拶していたら、私の株上がるかな〜と思って。内申点も上がりそうだし。たまに向こうが勘違いして話しかけてくることあるのがウザいけど……。あんなのと仲いいと思われたら、せっかくできた彼氏に振られちゃうかな？」

やっぱり〜、香織って悪い女だね、私も話しかけてあげようかな。知らない女たちの笑いとともに突き刺さる言葉。

「てか、あの顔で〝美沙〟って名前ウケるよね」

「わかる〜。〝美沙〟ならもっと細くて二重じゃないとね」

「あの子に名前を付けた親、残念なのに育っちゃってかわいそう〜」

悪い夢を見ているのかと思った。体が震え、涙がこぼれる。なんで。なんでなんでなんでなんでなんでなんで！　どうしてみんな、そんなことを言うの？　香織は友達じゃなかった。美沙ちゃんって言ってくれていたのに。「あんなの」って言われた。大好きだったパパが付けてくれた名前もバカにされた。なんか私悪いことした？　なんでそんなこと言われるの？　頭が追いつかなかった。友達は裏切るんだ。結局見た目なんだ。じゃあもう生きていても意味ないじゃん。

私は勢いよく立ち上がった。膝の上にあった弁当箱がバタンとひっくり返り、食べかけだった卵焼きが床に転がる。かまわず個室のドアを開け、走った。一瞬ビクッとした後、無言で固まる彼女たちの姿が見えた。涙でボロボロになった顔を気にする余裕なんてない。一番近い窓の鍵を外し、全開にする。身を乗り出し、足が浮いた。ここは最上階。頭から落ちれば死ねる。窓の外に向かって、グッと体重をかける。

そのときふと、私が死んだらどうなるのだろうと考えた。騒然とする学校。特に悲しまないであろう親。友達が誰も来ない葬式。まあ、そんなところか。じゃあ別に死んでもいいかと思った。ただ、葬式という単語から、この醜い容姿が遺影で飾られる風景が浮かんだ。

「この顔が、死んでも残る……」

むり。無理無理無理無理。マジで無理。地獄だと思った。そんなの、絶対に嫌だ。せめてもっとマシな写真で死にたい。クソクソクソ！　世の中もう全部クソ！　こんな見た目で死んでたまるか。そう思った勢いで、私はなんとか廊下に倒れ込んだ。

その日以来、私は二度と学校に行くことはなかった。

＊

「1240万円」

理想の見た目になるためにカウンセリングで見積もった金額は、私の想像を遥かに超えていた。それまでコツコツと貯めてきたお金では、その端数すらも支払えない。体を売れば大金を稼げるということは知っていたが、こんなブスにお金を払う人はいないだろう。

学校に行かなくなった私は、自宅から少し離れた図書館に通う日々を送っていた。両親は何も言ってこなかった。私のことなんてどうでもよかったんだろう。

図書館にうるさい奴は誰もいない。夏は涼しく、冬は暖かい。そしてスマホを持っていない私にとっては、パソコンを使えることが何よりもありがたかった。整形とダイエットに関する情報を集め、飽きれば本を読むという毎日。

15歳になればバイトができる。それまではとにかく準備期間だ。お金がなくてもダイエットはできると気付いた私は、とにかく中3が終わるまでに痩せようと思った。その後は整形にかかる費用を貯めよう。何をしてでも。そう決意した。

高校に上がる年になった。もちろん高校に行っていないし、勉強的なことは中学1年生までに習うことしか知らなかった。ただこの2年弱、私はネットにどっぷりと浸り、多くの本を読んだことでたくさんの知識が身についた。自分が醜形恐怖症だということも知った。肝心のダイエットも、成果が出はじめていた。モデルのような痩せ型とは言わないまでも、普通体型くらいには痩せた。徐々に変わっていく体を見ながら、これだけでも生きていて良かったと思った。

やったことは継続的な運動と食事管理だけだ。最初は無理だと思って投げ出しそうになったけど、それが意味するのは私にとって死よりもつらいこと。その思いで、なんとか続けられていた。痩せただけでも、私の気持ちはかなり前向きになった。ここまでは計画通り。あとは顔をなんとかするだけだった。

整形手術自体は、寝ているだけで良い。麻酔で意識がない間に、医師がすべてやってくれる。ただ、その費用を貯めることが難しい。そう痛感したのは、バイトの求人を図書館で見ていたときだった。

高校生の募集はそもそも少ないうえ、私でもできそうな仕事は、大抵1時間働いて800円程度の報酬が限界だった。目標の1240万円を貯めるのに必要な時間は、単純計算で1万5500時間。一日8時間働いたとして、1937日。かけ持ちして一日16時間働いたとしても約969日……。一日も休まず出勤したとしても3年近くかかる計算だ。

現実的に考えても、あと4~5年はこの顔で生きないといけないなんて、さすがに我慢できない。やっぱり体を売るしかない。

「18歳未満でもコッソリいける。ほぼバレない」

そんな匿名掲示板の書き込みを見て、年齢を隠して怪しげな雑居ビルに足を運んだこともある。しかし、どこからも断られた。理由はただ一つ。私がブスで商品価値がないからだ。仕方ない。風俗で通用するビジュアルにするための整形代は、普通のバイトで貯めるしかなかった。できるだけ顔を出さずに済んで、時給が高いもの。求人情報を片っ端から見る。何日も何日も探した。

そんなある日、一つの求人に目が留まり直感的にこれだと思った。

私はすぐに申し込む。選んだのはラブホテルの受付だった。時給は１２００円。人手不足ですぐ働ける人を探しており、破格の条件だった。まだ15歳だったが、オーナーのご夫婦に事情を話すと、採用してくれた。聞くと、訳ありの人が多いみたいだった。最初は慣れなかったが、１ヶ月もすればある程度の仕事はできるようになった。

待ち望んだ初任給でスマホを買い、バイトのない時間は、リストアップしていたクリニックにカウンセリングを申し込んで回るという生活。痩せたから、少しは整形代が安くならないかなと思っていた。しかし、顔全部の整形に豊胸や下半身の脂肪吸引など、全身をフルでいじるには結局１２００万円ほどは必要だった。

私は、風俗で働くために、まずは顔面を整えることにした。まぶたを二重にし、低くつぶれた鼻を自然な高さに引き上げてもらう。整形手術は執刀医の腕でほとんど決まる。同じ手術でもさまざまなやり方があるので、事前にしっかりリサーチし、当たりの先生を見つけられるかどうかが重要だった。

私は、何かに取り憑かれたかのように毎日ネットでクチコミや症例を調べまくった。ただ、私が当初理想としていた、尖った外国人のような鼻は、「君には似合わない」と何人かの先生に言われた。「忘れ鼻」と呼ばれる、どんな鼻だったかを思い出せないような、主張しすぎない鼻が一番美しいらしいとそのとき初めて知った。しかし、そんなあるのかないのか分からない自然な鼻を作るためにも、数百万円かかるそうだ。到底、1200円の時給で働く私の手に届く金額ではない。けれど二重手術だけなら1ヶ月のバイト代でぎりぎり賄えそうだったこともあり、来月の給料が入ったらすぐにやろうと決意した。しかし、顔の輪郭や鼻など、私が整形したいと思っていたパーツはどれもすぐには支払えない。

ああ、どうしよう。そう打ちひしがれる私が、偶然にも出会った魔法。

それがメイクだった。

お化粧なんていうものは、大人かかわいい子だけがするものだと思っていた。放課後に誰かと遊ぶこともなかったので、私のまわりでお化粧しているのは母親くらい。ただ、調べていくうちに、上手くやれば別人レベルに変わることができると知った。すっぴんの状態がかわいいとはいえない人ほど効果があるというのは、当時の無知だった私の常識を覆した。二重にして、あとはメイクをすれば、来月から体を売れるかもしれない。大きな希望ができた。

とにかくメイクを覚えよう。そう決意し、スマホを買うほかは手をつけていなかった貯金は、大量のメイク道具に姿を変えた。整形について調べていた時間はメイクを勉強する時間になり、あれだけ嫌いだった鏡と向き合うことを毎日のように繰り返した。何回も何回も練習し、1ヶ月が経ったころ。

「何これ、街にいる人みたい」

初めて満足いく仕上がりの顔を見た、私が抱いた感情だった。

こんなにもメイクで人は変われるものなのか。

顔が変わると、こんなに心が晴れやかになるのか。

涙が止まらなかった。

そして、私と同じように悩む子にこれを伝えてあげたいと心から思った。

*

メイクの威力はすごい。しかし、整形はそれとは比べ物にならないほどに私に感動を与えた。まぶたはまだ腫れていたが、それでも私は思った。ああ、なんてかわいい。自分の顔を見てポジティブな感情になったのは10年ぶりだった。

痛みは最初の麻酔以外はほとんどなかった。ついに私は二重まぶたを手に入れたのだ。そこから1週間ほどのダウンタイムを経て、短期間で極めたメイクを納得いくまで施した私は、人生で初めて美容院へ行った。

これまでは、風呂場で適当に切っていたほど、髪には無頓着だった。学校の子たちが「ビヨウイン」と呼んでいたものは、ずっと病院と思っていたほどだ。私は得意のリサーチで、美しくなった自分の顔をより際立たせてくれそうな美容師さんに目星をつけた。かわいいモデルさんの見本を見せると笑われるかと思ったが、美容師さんは「絶対似合うと思います!」と言ってくれた。そして、近所においしいラーメン屋さんがあること、最近飼いはじめた猫のこと、彼氏と喧嘩していることなど、いろいろな話をしてくれた。私は美容師さんのSNSも事前にチェックしていたので、ラーメンのトッピングや猫の名前、彼氏との喧嘩内容を知っていた。私が先にそれを話すと、当然びっくりされたが、正直に事情を話すと彼女は大爆笑した。釣られて私もいっぱい笑った。こんなに笑ったのは、いつぶりだろうか。帰り際、彼女は「整形って全然分からないね!」と言ってくれた。最高の褒め言葉だった。

こんなに長時間人と会話をしたのは、生まれて初めてだった。自分の話で笑ってもらえたことも初めてだった。でも、中学生のころの私だったら、彼女は同じように接してくれただろうか。多分違うと思った。「容姿はコミュ力」。私が好きな言葉が生まれたのは、このときだった。

私のバサバサだった髪は、鎖骨の下あたりの長さでフワッとしたセミロングに変わった。トリートメントもしてもらったので、髪はさらさらでいい香り。歩くたびに、そんな甘い香りがふわっと広がるのがたまらなく幸せだった。ツヤツヤになった髪に手櫛を通すと、ストンと指が滑り落ちる。別人になったのかと思い、また泣きそうになる。

たった2万円でこの感動が手に入るなら、安すぎる。今は間違いなく人生史上、最高の状態だ。

私はその足で、以前も行ったことのある雑居ビルに向かった。

変わらず、怪しいネオンが光る入り口。前に来たときと同じおじさんが出迎えてくれた。ほんの2ヶ月前に来た私に、気付いていないようだ。どうせ身分証を見せないといけないので、正直に15歳ですと言った。経験がないことも打ち明ける。

前回は私がどれだけ粘っても、顔色一つ変えずにあしらってきたおじさん。彼は何度かニヤけた表情を見せ、簡単なやり取りをいくつかした後に「秘密だよ」と言って契約書を持ってきた。まぶたの肉のつき方、顔にのせた粉の具合、そして髪の毛の形でこんなに対応が変わるのかと思うと、やはりこの世は理不尽だと思った。

数日後に初出勤した。私は初めてパパ以外の男の人の裸を見た。そして抱かれた。

違法なお店だったので、ゴムさえつければあとはなんでもありだった。痛かったし、終始気持ち悪いと思ったが、これでラブホのバイト1日分かと思うとすんなり受け入れることができた。

優しくしてくれたオーナーご夫婦には申し訳なかったが、ラブホの受付はすぐに辞めた。そして毎日のように出勤した。とにかく早くこの顔を変えたい。効率よくお金が欲しい。そう思った

私は、風俗に来るような男が求めている、「清楚で、かわいくて、エロい」そんな女になりきった。

どんなことを言えば喜ぶのか、何をされるのが好きなのか。リサーチは得意分野だ。2ヶ月ほ

ど働いた後、私は店が提携する不動産屋さんで家を借りて、一人暮らしを始めた。
ほぼ毎日、何人もの知らない男に抱かれ続ける。睡眠時間以外のすべてを別人になりきって過ごしていた私は、もう自分が誰だか分からなくなっていた。でも、これもすべては理想の見た目になるため。何度か条件が良い店に移籍することを繰り返した。そんな生活が2年続いたころ。鼻の手術代と当面の生活費が貯まったことを確認した私は、風俗から足を洗った。

そして、私は見た目も中身も完全に生まれ変わった。まだ17歳だった。
もう、あの醜かった〝美沙〟はいない。これでようやく自分の人生が始まる。私はこの2年間で、お金を稼ぐ喜びも知った。お金は私の努力が形になったもの。何にでも交換できるもの。友達と違って絶対に裏切らないものだ。そして、別人格を演じること、さらにはお金を稼ぎたいという欲望から、ユーチューブを始めることにした。

「メイクの可能性を、若くて容姿に悩む子に広めたい」

初めてメイクをしたときに生まれた、この気持ちだけは本心だった。
ただ、人気を得るには、容姿やキャラだけでなく、そこに至るまでのストーリーや〝共感〟も必要だ。そのためには、いくつか脚色を入れなければ。どうすれば応援されるのか、どうすれば人気者になれるのか。

悩んだ末に生まれたキャラが〝ミサ〟だった。飽きられないように、さまざまなユーチューバーとコラボをした。既存のファンも満足させつつ、新規の人にも届くような企画も必死に考えた。どんなに疲れていても、撮影も編集も手は抜かなかった。

その甲斐あって、チャンネル登録者数は右肩上がりで伸びていった。幸い風俗時代の客にすっぴんを見せたことはないし、勤務中はいつも濃いメイクをしていた。私は常に標準語だったし、鼻の整形前に店は辞めていた。きれい系の雰囲気だった当時と比べ、今はナチュラルかわいい系の顔。そんなこともあってか、私の過去がバレることはなかった。名前は完全な偽名でもよかった。でも、この数年の努力を誰かに気付いてほしい自分もいた。けれど中学までの同級生の連絡先はいっさい知らないし、ＳＮＳのＤＭにも美沙を知っている誰からも連絡がくることはなかった。

ただ、「ミサ＝美沙」だと知ってくれている子が一人だけできた。

＊

私にとって図書館は人生を変えてくれた場所だった。

風俗を辞め、ユーチューブを始めるまでの少しの間も、私は中学のときに通いまくっていたあの図書館を何度か訪れた。特に読みたい本があったわけではない。当時の見た目は本当に嫌いだったけど、ここに来ると生きるために必死にもがいていた自分を思い出す。私に多くの可能性を授けてくれた、あのパソコンの前でしか味わえない空気が好きだった。

いつものように館内で過ごしていると、見覚えのある顔を見つけた。学校に行かなくなって3年以上経ったが、忘れることのない顔。私にとって唯一の友達だった人。

優香だった。

彼女もきっと、心の中で私をバカにしていたに違いない。香織との一件があって以来、私は人を信用できなくなっていた。でも、今の私は違う。大丈夫。圧倒的にかわいい。当時は学年でもトップクラスにかわいいと思っていた優香。今目の前にいる彼女を見ても、〝すっぴんにしてはかわいい〟くらいのレベルだ。左右の二重幅の違い、中顔面の長さ、整えられていない眉毛が気になった。私はこの2年で、街中ですれ違う女性の顔を見て、この人はここをいじればな……。と考える癖がついていた。それを無意識に優香にもしてしまった自分に、少し嫌気がさした。

どうせ気付かれるはずがない。私は側にあった適当な本を取り、彼女の目の前に座った。心臓が高鳴ったが、彼女は手を止めることなく、勉強に集中していた。私は勇気を出して、彼女に話しかけてみることにした。

「ねえ、さっきから何を勉強しているの？」

彼女の肩が、一瞬ビクッと跳ねる。

「え、あ、現代文やっていました。国語がすごく苦手なんで、今のうちからやろうと思って」

「まだ2年生なのに勉強しているの？　さすがだね」

ヤバいと思ったが遅かった。

「え？　2年生ってなんで分かるんですか？」

「あ、今のうちからって言っていたから。受験はまだだけど、今から対策しているのかなって思って」

パッと出た言い訳にしては上手だと思った。

「なるほど。でも、『さすが』ってどういうことですか？　私たち会ったことありましたっけ？」

ヤバい、ヤバい。これはヤバい。どうしよう。咄嗟に言い訳が出てこなかった。最低限のコミュ力はついたと思っていたが、それは対おじさんに限ってのものだとこのとき気付いた。どんどん間が空いていく。優香は不思議そうな顔でじっと私を見据えた。まあ、もういいか。

「久しぶり。中学のとき、同じクラスだった美沙だよ」

＊

その後、私と優香は親友になった。

図書館で再会したとき、私は「もうどうにでもなれ」という気持ちで、すべてを語った。優香も香織と同じで、私のことをバカにしていたはずだ。一体どんな顔を見せるのか、見ものだ。半分は好奇心、もう半分は恐怖心。2時間ほど私の話を聞いた彼女の反応は、意外なものだった。

優香は、目の前で泣いていた。彼女の涙が手元のノートに落ちる。優香も私に応えるように、泣きながら正直に話してくれた。

中学時代、私と仲良くしていたのは、香織と同様に利己的な理由もあったこと。だけど、決して私のことが嫌いなわけではなかったこと。トイレでの一件以来、まるでタブーのように誰も私のことに触れなくなったこと。ずっと私がどうなったか気になっていたこと。

そして最後に言ってくれた。

「美沙、本当にかわいくなったね……」

彼女は、私が美沙であり、ミサでもあることを知っている唯一の存在。私の心を軽くしてくれて、居場所を作ってくれた存在。彼女には恩がある。私が初めて出版をＯＫした理由は、ほかでもない優香からの頼みだったからだ。私が本を出すことで、少しでも彼女の評価が上がるなら。

「美沙の経験によって救われる人が必ずいる」

そう言ってくれた優香の言葉も私の背中を押した。

＊

気付けば私は、あのとき優香に告白したように、ミサになるまでのすべてをカメラに向かって語っていた。何度も泣きじゃくった顔はもうボロボロだ。時計を見ると、もうすぐ2時になるところだった。でも、すべてを話すと、案外心はすっきりしていた。これからはスマホに打つより、口に出すのもありだなと思った。一度シャワーを浴びてメイクを直し、着替えて一旦全部仕切り直してから、本の告知動画を撮ろうと思った。編集は明日やろう。

あ〜、こんなの誰かに見られたら終わりだな。そう思いながら立ち上がって録画を止める。昨日アップした動画はどうなったかなと思い、機内モードを解除する。

しかし、そこに飛び込んできたのは、これまでに見たことのない通知の数だった。

何かバズった？　いや、そんな動画は出していないはず。異常事態だと察した。何があった？　すぐにＬＩＮＥを開く。一番上に固定していた優香の名前が目に止まった。

「美沙、配信ずっとつきっぱなしだよ！　早く気付いて！」

# 第三章

# 汝の敵を殺めよ

画面の向こうで彼女が言葉を発するたび、コツコツと積み上げてきたものが音を立てながら崩れていく。コメントはこれまで僕が見た中で一番の速度で流れていった。画面を止めないと何が書かれているか追うことができないほどに。「裏の顔怖すぎ」「失望しました」「お前が死ねよ」「ずっと見ていたのに」「最悪」「事故すぎるw」。彼女が語りはじめた直後、僕の目に飛び込んでくるコメントは、どこを切り取っても負のオーラをまとうものだった。

タバコを吸わない設定の人間が、一服しただけで炎上する。単語の意味を一つでも間違えると叩かれる。たった一言の失言で活動休止に追い込まれる。そんな炎上全盛時代の日本で、彼女はこれまで隠していた人生のすべてを語った。その伝え方は、彼女のこれまでのクリーンなイメージをぶち壊すには十分すぎるものだった。アラフォーの僕ですら衝撃を受けたのだから、長年見てきた日本中のファン、特に彼女の動画のメイン層であった、多感な時期の若者たちに与えたショックは計り知れないだろう。

情報解禁前だったが、彼女は出版することと本のタイトルも明かした。もう引き返せない段階だったが、これは一旦白紙に戻さざるを得ない。

ミサ本は絶対に売れる。信じて疑わなかったその神話は、跡形もなく崩壊した。と、編集部内の誰もが思っていた。しかし、世間の反応は予想外のものだった。


事態に気付いた彼女が配信を切ったころには、負のオーラをまとったコメントは減っていた。リアリティある壮絶な生い立ち。そこから今に至るまでの凄まじい努力。メイクの可能性を広めたいという確固たる信念。そしてルッキズムや整形に対する独自の理論。そのあまりに生々しい生き様には、多数の肯定的なコメントがあふれていた。

彼女がまったく同じセリフを、10秒前に戻ったのかと思うほどに演じ直したプロ意識を称賛するコメントも多かった。何事も、背景を知らなければ本当の姿は見えない。出版の成功の道は、まだ残されている。

＊

【ぜひお会いしましょう。希望の日時や場所はありますか？ 立花】

ああ、ついに来た。彼からのメールだ。

全身に鳥肌が立ち、達成感があふれ出す。

極めて順調。当初の計画から寸分の狂いもない。

ここまで上手くいくとは正直思ってもいなかった、自分の才能が怖い。

立花さん、ありがとうございます。僕は勝ちました。

いよいよ、あなたに会える。僕の作る物語で、あなたをもっと楽しませてあげます。

＊

酒に溺れ、容赦なく殴ってくる父親。そんな僕を庇うよう、代わりに全身にあざを作った母親。もう限界だった。僕が初めて人を殺す計画を立てたのは11歳のとき。失敗したら僕が死ぬ、そんな計画だった。入念に準備をし、実行に移したのはそこから3日後だった。

早朝5時。夜明け前の真っ暗なリビングで酔い潰れている父親を、じっと観察する。ソファから足を投げ出した奴は、口を開けたまま気持ち良さそうに寝ていた。僕は離れた位置から睨み続け、一定のリズムで胸が上下していることを確認する。よし。大丈夫だ、寝ている。

第一段階はクリア。30分近く待機していた僕の目は、すでに暗闇に慣れていた。

ゆっくり、ゆっくりと近づく。一歩ずつ、一歩ずつ。

あと、5メートル。

起きるな、絶対に起きるな。

あと、４メートル。

木造の床は、小学生の僕がどんなにそっと歩いてもわずかに軋んだ。それに今日の僕は、いつもより10キロ重い。この状況を、僕は何度も脳内でシミュレーションした。本でパンパンになったランドセルを持って、実際に何回も歩いてもみた。

ぎい、ぎい。

僕が奴に近づくたびに発するその音は、静寂が広がるリビングでは想像以上に大きく鳴り響いた。床が抜けるんじゃないか、と心配になる。かかとから地面につけるよう、静かに、そしてゆっくり時間をかけて近寄っていく。

あと、３メートル。

半開きになった父親の口から、酒のにおいが漂う。近づけば近づくほど、口臭と混ざり合った悪臭が僕の鼻をチクリと刺激した。嫌悪感とともに、心臓がバクバクと大きな音を立てる。

あと、ちょっと。お願いだ。そのまま、そのままでいろ。起きないでくれ。

手のひらの感覚がなくなる。30分前には軍手越しにも伝わってきた、あの鋭い冷たさはどこかへ消えていた。

あと、2メートル。

奴の顔はもうすぐそこだった。ギョロリとした目が、今にもガッと開くんじゃないか。実は起きていて僕が近づいているのを分かっているんじゃないか。一瞬だけ僕の中に生まれた気持ちが、心臓のリズムをどんどんと速く、大きくした。


あと、1メートル。

やるしかない。そう思い、奴の寝顔を見下ろす。

両手で挟むように持ち続けた、バスケットボールより少し大きく10キロはあるそれを、大きく振りかぶる。バケツに水を張り3日前から作っておいたそれは、人間の頭をかち割るには十分だと思うほどカチカチに固まっていた。ギッと奥歯を噛み締め、大きく息を吸い込む。

死ね。地獄に落ちろ。そう心で唱えながら、奴の額をめがけて全力で振り下ろした。

「ドゴンッッ」

手から腕、そして肩から全身へ鈍い感触が伝わる。その強烈な一撃で、僕の手の中にあった氷塊はいくつかの塊に砕け散った。肩の関節まわりには、ジンジンと痺れる感覚が広がっていく。

殺った。そう思った。

ほんの5秒前まで寝ていた奴は、割れた頭を押さえながら目をカッと開いて叫んだ。

「う゛あ゛あ゛あ゛あっっっっ!!」

獣のような雄叫びが、早朝の澄んだ空気を切り裂いた。

ヤバい。ヤバい。僕は慌ててズボンのポケットに手を突っ込む。カッターで奴の首を切ることが、万が一、奴を一撃で仕留め損ねたときの計画だった。しかし、軍手越しとはいえ、長時間大きな氷の塊にさらされた僕の手は、思い通りに動かなかった。

早くしなきゃ。その思いは僕の手をより震えさせた。右ポケットからカッターを取り出し、刃を出そうと親指をスライダーにかける。だが、冷えた僕の親指はなかなか言うことを聞かない。いつもつけない軍手が、もどかしさをより増幅させた。

ヤバい。早く。ゆっくり曲がった指先に力を込める。

カチ、カチ。

僕の求めていた感覚がかろうじて右手に伝わる。血だらけの顔で喚いている奴の喉元に刃を当てた。

「死ねぇえええ！！！」

喉が熱くなるほど叫びながら腕を振り抜く。しかし、僕が懸命に出した刃先は、痛みで激しくもだえる奴の首をかすめただけだった。一瞬、時が止まったように感じた。

しまった……！

血だらけになった頭を押さえながら、数秒前と変わらず暴れる奴を見て、とどめというには浅い傷だと直感で理解した。次はもっと深く刺さないと。それもかするんじゃなく、押し付けながら。図工の時間にカッターで紙を切るとき、グッと手先に体重をかけ、下の工作マットごと切る感覚。今の状況でどうすれば奴を殺せるか？という問いの答えが、瞬時に頭の中で連想された。

僕は激しくもだえる奴の上に馬乗りになり、とどめを刺そうと首に手をかける。

しかし、その刹那。鼻から顔面全体に衝撃が走った。車に跳ねられたのかと錯覚するほど、今まで感じたことのない痛みが顔中に広がる。頭にはゴングが鳴ったかのような低い音が響いた。夢の中にいるかのように耳が遠くなる感覚。一瞬の出来事で、何が起きたか分からない。唇には塩味のする温かいものがこぼれ、それが鼻からあふれ出た血であることに気付いたときには、床に立った奴の足が見えた。

「このクソガキがぁああ!!」

奴の怒号と同時に、僕の丸まった背中に鈍痛が広がった。

息が、できない。むせる僕に容赦なく、その重たい衝撃が3度、背中を襲う。

痛い、ヤバい、死ぬ。

痛みと同時に生じた感情が、全身を駆け巡る。かろうじて開いた目で、奴の足が動くことのできなくなった僕の体を跨ぐのが見えた。奴は僕に馬乗りになり、血に塗れた大きな手を首にかける。鬼の形相をした奴の顔から、ぼたぼたと血が垂れるのが見えた。喉に激しい重圧が加わる。

声は出なかった。奴の荒い息が耳元にかかり、僕の首元の重圧はどんどんと増していく。

首は締まるのではなく、潰れるんだな……。

苦しみが増していく意識の中で、ぼんやりとそう感じた。

視界が細くなっていくなか、僕は絞り出した力を右手に伝える。指を何度か動かし、握り続けていたカッターを手の中で回転させる。体の中にある力をすべて出しきるかのように、ギュッと強く握った。全身に力が入る。

「死ねぇぇっ！」

声は出なかったけど、僕は叫んだ。

僕の首にかかっていた力は徐々に弱まり、ドタンという音とともに奴は倒れた。朦朧とする意識の中、決死の思いで立ち上がる。わずかに痙攣していた奴は、本や映画でイメージしていた死体とはまるで違っていた。もはや人間とは思えない姿だった。僕は奴の首に突き刺さったカッターを、勢いよく引き抜いた。まだだ。今度こそとどめを刺さなければ。口をパクパクさせながら死にゆく奴の顔を見ながら、僕はギュッとカッターを握り直した。最後は思い切って一撃で殺したいと思った。

素手で持ったカッターは、奴の血と脂で滑り、持ちにくかった。再び、刃を首に当てがう。その角度はさっきとは違い、首に対して直角だった。そして、じっくりと体重をかけながら突き立てた刃を首に押し込む。じんわりと肉に食い込んだ刃からは、血が滲み出す。徐々に体重をかけるほどに、その勢いは増した。出した刃のすべてが肉に食い込む。押し込めば押し込むほど、奴の首の筋肉が硬くなるのを感じた。僕はその肉を無理やりこじ開けるかのように、体重をかけ続けた。ゆっくり、徐々に全体重をのせていき、持ち手の半分が首に吸い込まれたとき、骨か何かの固いものに当たった。これ以上は刺せないと思い、勢いよく引き抜く。暗闇のリビングに、血が舞うのを感じた。長年僕と母を苦しめてきた奴は、この世から消えた。

そこから何分か経った後だろうか。

騒動を聞きつけてか、奥から足音がして、母がやって来た。血まみれで座っている僕と辺りの光景を見て、何が起きたのか一瞬で理解したようだった。母は僕に駆け寄る。

「……これから、平和に過ごせるね」

疲れ果てた僕が、必死に絞り出した一言だった。毎日のように拳が飛んでくることはつらかった。でも僕を庇った母の顔にあざができていくのは、もっとつらかった。

奴は死んだ。達成感に包まれ、目の前にいる母が褒めてくれることを期待した。しかし、直後の出来事を僕はまったく理解できなかった。

「なんでこんなことしたの？」

母は僕の頬を叩きながら言った。一体何が起こったのか。母は〝奴側〟の人間だったのか？直後気付いた。ああ、僕は誰にも愛されていなかったのだ。僕の中で何かがバリンと音を立てながら壊れる音が聞こえた。

母は血だらけで横になっている奴を揺する。まだ息がないか。そう確かめるかのように、何度も揺すった。僕は母に近づき、そばに転がっていたカッターを拾う。半狂乱になった母のパジャマから覗いた、細い首を見据える。

カチ、カチ。

刃を出すと同時に、目前のうなじを切りつけた。ピュッと血が吹き出す。同時に、倒れた母の首に手をかけ、力を込める。母の口から出た、これまでに聞いたことのないような雄叫びのような悲鳴は、すぐにかすれ、力なく潰れた。しばらく痙攣した後、動かなくなったことを確認してから僕は手を離した。

時刻は5時25分。わずか20分余りの出来事だった。

体力も気力も使い果たした。もう何も考えたくない。放心状態の僕は床に寝転んだ。せっかくバレないように、氷で凶器を作ったのに。母と二人でこれから楽しく過ごしていくはずだったのに。僕の頭には言いようのない、さまざまな思いが渦巻いた。母が言った言葉が、何度も僕の脳内にループする。だが、どう考えても理解できなかった。もう、全部消えてなくなればいいのに。

そこからどれだけ時間が経ったか分からない。

突如、下から突き上げられるような振動が体を襲った。

どこか知らない世界をさまよっていた僕の意識は、急に現実世界へと引き戻された。ソファ前にあったテーブルから、灰皿と空き瓶が勢いよく落ちる。キッチンからは食器が割れる音が聞こえ、リビング奥の視界は砂埃を立てながら一瞬で消えた。それを見て〝2階が落ちてきた〟と理解するのに、しばらく時間がかかった。

地震だ。それもかなり大きい。

しかし、僕の頭に真っ先に降ってきた言葉は〝逃げなきゃ〟ではなかった。遠くからけたたましいサイレンが鳴り響き、割れた窓の向こうからは「火事だ」と叫ぶ声が聞こえた。先ほどまでの虚無感は消え去り、僕は急いで玄関へ走る。冷えた床に並べられたポリタンクを手に取った。リビングに戻り、フタを開け、横たわる奴と母に向けてひっくり返す。床に転がるタバコと空き瓶をかき分け、ライターを拾い、側にあったカッターもついでに拾った。

「神様、ありがとう」

僕はそう口に出し、床に火を放った。ボウッと低い音を立てながら、リビングに炎が広がる。背中で熱さを感じながら、僕は玄関へと歩き出した。

＊

「小野寺、君も同席してくれ。ただ、何も口を挟まなくていい。最初に挨拶して、あとはその場で起きることを観察していてほしい」

立花さんにそう言われ、私は犯人から指定されたという場所にいた。オフィス１階にあるカフェ。大通りに面した窓からは、忙しく歩くサラリーマンが行き交っているのが見えた。時計は

12時50分を指している。あと10分もすれば、私の前に、殺害予告を送った犯人がやってくる。横にいる立花さんは冷静にしているけど、私はドキドキが止まらなかった。もちろん悪い意味。そして私たちは何も話さず、じっと座っている。何か話しかけたほうがいいのかな……とか思ったけど、上司を殺そうとしている相手と対面する直前の話題ってなんですか～！　そんなの新人研修になかったんですけど～!!　というか、何この展開……？　美沙の例の配信切り忘れ事件で、編集部内はバタバタだったのに。あの騒動で正直、私が編集担当じゃなくて良かったと心から思った。だって絶対詰んでいたし。でも騒動後に立花さんが各所の関係者に謝罪行脚していた。これまで進めていた内容を一旦白紙に戻し、すぐ新しいコンセプトを設定して、今また本作りを再開している。私は美沙を励ますことしかできなかったから、ベテラン編集者ってすごいんだなと思った。立花さん、もう普通に大好き。一生ついていく。見た目も爽やかだし。あと10歳若かったらあり。全然あり。仕事で困るって理由もあるけど、シンプルに私より先に死なないでほしい。

脳内で繰り返される独り言。これは私の癖だった。

「どんなにつらいことがあっても、それは全部考え方次第で消えてなくなるんだよ」

小さいときに、そう母が教えてくれたことがきっかけだと思っている。でも、今の私はこうでもしないと頭がおかしくなりそうだった。

私だって、夢をもってこの業界に飛び込んだ。ずっと嫌いだった国語を受験勉強でがんばっているうちに、あれだけ苦手だった読書や本が好きになった。その流れで、大学時代はずっと本屋さんでバイト。自然と就活も出版社を中心に受けた。そこで内定をもらえたのが、中山出版だ。私が小さいころからずっと家で本を読んでいた母は、すごくうれしそうだった。中山出版と言ったときには、母は何度も確認してきて、おめでとうと言ってくれた。その思いに応えたいし、私が編集した本を早く母に読んでほしい。

約束の時間まであと7分。これから起こることを想像すればするほど、緊張は増していった。出されたお水もなくなりそうだ。

私の中で再び自問自答が始まる。そして再燃する不安と恐怖。

上司に殺害予告を送りつけていたヤバい奴に会うって……これは何？　私の仕事なの？　いやいや聞いてない。いつから出版社は物理的に命をかけて仕事をするようになったのかと問いたい。問い詰めたい。小一時間問い詰めたい。というか立花さんも何考えているの？　同席してって言ってきたの、今朝だし。しかも「その場で起きることを観察していてほしい」ってなんですか？　怖すぎない？　私まだ22歳のかわいい部下だよ？　もうちょっと大事に扱ってほしい。まあでも、天才の考えていることが、凡人の私に分かるわけないか。

こんな事態になっていることを、母には知られたくないな。聞いた瞬間にぶっ倒れるのは確定だし、心配しすぎて会社に鬼電してきそうだ。

あと5分を切った。

そろそろ来るだろうと思い、窓の外をじっと見つめる。もう歩いている全員が怪しく見えてきた。どいつだ。黒いパーカーにフードを被ってくるかなと思ったけど、さすがにベタすぎるからそれはないか。途中、全身ハイブランドに身を包んだ謎の男が、デカい犬を連れて歩いていくのが見えた。いや、あなたは何をしている方なの？　私の気も知らずに、平日の昼間に楽しそうだなおい。どうでもいいことが頭の中を駆け巡る。


あと2分。

普通ならもう来てもおかしくない。でも、人に殺害予告を送るような奴が約束守るものなの？　それ以前に、普通の神経をしていたら人を殺すなんて言えないか。いくら店内にお客さんいたとしても、目の前にターゲットがいる以上、この場で襲ってくる可能性もないとはいえない。完全犯罪で殺しますなんてかっこつけたこと言って、油断したところをグサリなんて全然あり得る。あ〜、気が触れた相手に私も殺されたらどうしよう。私の人生、まだまだいっぱいやりたいことあるよ。立花さんがトイレに行ったときとかに刺されたら終わりだよ。でも立花さん、ここに来てから一口も水を飲んでないな。私の考えていること、全部お見通しなのかな。

時計に目をやる。あと1分を切っていた。

お昼休みの時間帯だからか、通行人の様子は全然変わることがない。刻一刻と迫る約束の時間。

時計と店の外を交互に見ながら、カウントダウンをする。

5、4、3、2、1、0。

13時になった。

まだ誰も現れない。緊張の反面、「もしかしたら来ないのかもしれない」と期待する。通行人は相変わらず、どこにでもいそうなサラリーマンばかりだった。立花さんは変わらず、ずっと入り口を見つめている。


時計は13時10分を指していた。

ずっと何も話さずに入り口を見つめる私たちを見て、店員さんから不審に思われていないだろうか。少し落ち着きを取り戻してきていたとき、店の外から走ってくる一人の姿が見えた。黒いパーカーを着て、帽子を被り、顔には白いマスクをしている。店の外をずっと見ていたけど、明らかにこれまではいなかったタイプだった。

この人だ、と直感的に感じる。そしてその人物は、店の入り口の前でスマホを取り出し、それを何秒か眺めた後、店に入ってきた。

ヤバい、怖い。

入ってきたその人に、店員さんが声をかけようとした。しかし、その人物はそれを無視して店内をゆっくりと見渡した。そしてこちらを見て首を止めた。小走りでやってくる。

ああ、だめだ。これは死ぬやつだ。

さっきまで聞こえていた雑音が一気に止み、心臓はこれでもかというくらい脈打った。急いで近づいてきたその人は、私たちの真横で立ち止まる。そして、私と立花さんを交互に見て言った。

「立花さん、お待たせしてすみません。初めまして。羽鳥です。お会いできて光栄です」

＊

私の斜め前に座り、ゆっくりと帽子とマスクを外したその男は、40代くらいに見えた。左頬には、赤黒いただれが広がった大きな火傷の跡のようなあざがある。

感染る。近づくな。お化け。


その凸凹のある、まるで何重にも絵の具を塗って乾かしたような硬そうな皮膚を見て、第二章の原稿に書かれていた言葉を思い出した。まじまじと見てはいけないもののように感じた。デリカシーというものが存在しない幼少期、彼は相当つらい思いをしてきたに違いない。

「初めまして、立花です。いきなり包丁でも出されるかと思いましたが、私もお会いできて光栄です」

そう言って立花さんは彼に名刺を手渡す。普通はこの冗談に笑いそうになるのだろうが、目の前にいる〝殺人犯〟を見ると、私の顔は恐怖と緊張でこわばったままだった。

「こちら、部下の小野寺です。あの原稿を読んで、どうしても羽鳥さんに会いたいと言うものですから、本日同席させてもらっております」

「あっ、初めまして。小野寺優香と申します。あの……なんというか、どんな方なんだろうと気になって。今朝、その、立花さんに無理言って同席させていただくことになりました。本日はどうぞよろしくお願いします」

必死に言葉を絞り出し、名刺を渡した。

いやいや待て。なんてパスを投げてくるんだこの人は。近距離で顔面めがけてフルスイングじゃないか。キラーパスにもほどがある。それに名刺を渡してしまったよ！　〝殺人犯〟に個人情報を渡してしまったよ！　冷や汗をかきながら、私は心の中で大きく叫んだ。


「羽鳥さん。会って早々恐縮ですが、単刀直入に聞きたいです」

立花さんは彼を見つめながら、落ち着いて言った。

「あの原稿はどういうつもりで送られたのでしょうか？」

まじかこの人。いきなり聞いた。顔から血の気がサッと引く感覚がした。

「驚かせてしまってすみません。そりゃそうですよね。順番に説明させていただきます」

羽鳥と名乗った男は、先ほどの挨拶よりも低い声で言った。

「私は立花さん、あなたにどうしてもお会いしたかったんです。ファン……と言えばいいんでしょうか。あなたが編集を担当された小説はもちろん、運営する小説家ｂｏｔの投稿、開催していたコンテストの入賞作品、立花さんが受けたインタビュー記事まで、すべて読みました。おすすめされていた本も全部チェックしました。そしていつからか、あなたが求めている物語が見えるようになってきたんです。今回送った原稿がそれです。過激な表現で、あなたを混乱させてしまったことは大変申し訳ありません。こうでもしないと、あなたが再びミステリーの世界に戻ってこられないと思ったんです。何年も考えて、作り直し、今日あなたにお会いできたことが本当にうれしいです」


彼は終始立花さんの目を見つめながら言った。殺害予告を送ったのが、ファン……？　これは行きすぎたオタク特有の歪んだ愛なのか？　頭が追いつかなかった。

「なるほど、僕のことを相当調べていただいたようですね。しかし、小説家ｂｏｔの正体が僕であることは社内の人間しか知らない情報です。なぜ羽鳥さんはそれを知っているんですか？」

「勝手に推測していましたが、やっぱりそうだったんですね。僕は小説家ｂｏｔの大ファンでもあります。先ほど申し上げた通り、コンテストから出版された本はすべて読み込んでいます。それらはどれも中山出版からの刊行であること。加えてクレジットには、必ず担当編集としてあなたの名前がありました。そしてある日突然、小説家ｂｏｔからコンテストを一時的に休止する旨の投稿がされた。それからも小説家ｂｏｔ発の作家の作品は出版されていましたが、クレジットからあなたの名前は消えている。僕は何かが起こったと思いました。そこから私は図書館で中山出版から刊行された本をチェックし続けました。すると、小説とは関係のないエッセイに、あなたのクレジットがのっているじゃないですか。ここで私は確信しました。立花さんは、何かがきっかけでミステリー編集の世界から干されてしまったのだと」

「……すばらしい推理ですね。驚きました。さすが僕のファンとおっしゃるだけはあります」

立花さんは笑っていたが、私は羽鳥さんの執念深さに恐怖を覚えていた。いくらファンといっても、ただの一般人相手にそこまでするか？　この人、怖すぎる。

「羽鳥さん、もう一つ確認させてください。僕と息子の写真を撮ったのもあなたですか？」

あ、それは私も気になっていた。「お前をいつでも監視している」「殺そうと思えば殺せる」そんな意味合いがあるんじゃないかと勝手に考えていた。

「脅すような真似をして、本当にすみません。実はあれ、僕が探偵に頼んで撮影してもらった写真なんです。あなたに危機が迫っている。あなたは当事者だということを強調するために、物語の一環としてどうしても取り入れたかった演出でした。もちろん罪悪感はありました。ですから僕は、探偵には『家を出た瞬間だけを撮ってくれれば良い』と頼みました。言いにくいのですが、自宅も尾行で特定してもらいました。ただ私は立花さんがお住まいの住所までは知りません。これはお約束できます。とにかく、写真が一枚だけあれば良かったんです。素人の僕が尾行なんてすれば、きっと気付かれるでしょうし。あと僕はこの顔ですから、一度見られると記憶に残ってしまうじゃないですか。撮ってその場で帰ってもらいましたし、割の良い仕事でしたと探偵の人は喜んでいました。あ、すみません。これは余計な話でしたね」

「……なるほど、そうでしたか。それなら良かったです。お待たせしてすみませんね、何か飲みましょうか」

そう言って立花さんはメニューを差し出した。

私は、羽鳥さんの姿を最初見たときと今とでは、まったく違う印象をもっていた。それほどまでに立花さんは冷静かつ淡々と対応し、羽鳥さんは流暢かつていねいに言葉を発していた。私は、彼が語るストーリーにどこか納得しつつも、どこかおかしさも感じていた。

そう、話があまりにできすぎているのだ。

最初は怪しいと思っていても、相手が話し上手で、言っていることがなんだかそれっぽく聞こえてくる。そして徐々にその人が高尚で、優しそうに見えてくる……。これは、私が大学時代に本で読んだ、詐欺や洗脳の手口と同じだと思った。そして今まさに、私はその流れの中にいて、飲み込まれつつあることを自覚した。油断してはいけない。このやり取りは何か、必ず裏がある。

羽鳥さんがアイスコーヒーを選び、私と立花さんも同じものを注文した。

「羽鳥さん、そういえばあの原稿の第一章で、もう一度僕が編集を担当した小説を読みたいと書いていていらっしゃいましたよね」

「ええ」

「読むどころか、よければうちから本を出しませんか？　もちろん編集担当は僕です。実はこだけの話、文芸部の復帰が決まっているんです。また小説が作れるんですよ」

　立花さんは明るい声で言った。

　いや。待って待って。異動⁉　そして一緒に本を出す……？　何を言っているの私の上司は。相手は仮にもあなたを殺そうとしている人ですよ⁉　まだ会って10分くらいしか経っていませんよ⁉　天才すぎて頭狂ったのか？　羽鳥さんがトイレに行ったら、私はスマホのメモで、明らかに何かおかしい旨を立花さんに伝えようと思った。声に出さないのは、なんだか盗聴されているような気がしたからだ。

　立花さんの言葉から数秒間の間が空き、彼は答えた。

「実はその言葉を少し期待していたのですが、まさか本当に起こるとは……。夢のようです。ありがとうございます。ぜひお願いします」

　そう言って勢いよく立ち上がり、頭がテーブルにぶつかるんじゃないかという勢いでお辞儀をした。私の想像とは全然違う方向で話が進んでいく。もう何がどうなっているのか理解できなかった。

「いえいえ、こちらこそありがとうございます。では社内で決裁を取るための準備を進めてまいります。その前に、今後著者として弊社と取引が開始されますので、顔写真付きの身分証明書を見せていただけませんか？」

狙い通りと言わんばかりのトーンで、立花さんは言った。ピンと少し緊張感が走る。妙にスムーズだったここまでの流れ。それがすべて立花さんの作戦通りだったのだ、と私は感じた。

顔写真付きの身分証明書。ここで羽鳥さんが出さなければ、彼を疑う理由に十分なり得ると思った。彼は恐らく40代前後。自分からカフェに呼び出しておいて、財布を持っていないわけがないだろう。

そして彼は、ここまでやけに〝普通の人〟のように振る舞っていた。まるで本当に立花さんのファンで、憧れの人に会うために物語を書いていましたと言わんばかりに。疑っていた私には、彼の言葉はどうもきれいすぎる言い訳に聞こえた。

私は、何か理由をつけて彼は身分証を出さないような気がしていた。小説もこれまで匿名で送ってきた。何か後ろめたさがあるから、身分を明かすことに抵抗があるんじゃないか。羽鳥というのもメジャーな苗字ではないし、本名を調べれば何か分かるかもしれない。さあ、どう出る。

「ああ、身分証ですね。ちょっと待ってください」

そう言って彼はポケットに手を入れ、ボロボロの黒い革財布を取り出した。中から免許証を取り出し、机の上に差し出した。

「ありがとうございます。こちら、メモを取らせていただいてもよろしいでしょうか？」

立花さんが真剣な表情で尋ねる。「もちろんです」と、羽鳥さんはどこか自信ありげに答えた。

身分を明かした驚きよりも、ここまで両者が一切のよどみがなく会話している光景が恐ろしかった。立花さんはもしかしたら、本当に目の前にいる男が自分のファンだと思っているのかもしれない。私が気付いていないだけで、高度な心理戦が行われているのだろうか？　私は必死に頭を働かせる。

立花さんは横でメモを取り出して、真剣に書き写している。

羽鳥宗吾……という文字が見えた。「ソウゴ」と読むのだろうか。生年月日は1985年4月6日……。ということは、今の時点で38歳だろうか。概ね予想通りだった。住所は東京都千代田区富士見……。おいおい、まじか。うちの会社のすぐ近くなんだが。それがファンとしての愛なのか、いつでも動けるという監視目的なのか。もはや私には分からなくなっていた。しかし、彼の情報が一つずつ明かされていくたびに、私の中に安心感が生まれてきた。免許証が偽物なのか？とも思ったが、それはそれで犯罪になる。確か偽造した場合は有印公文書偽造罪。それを使った場合は、偽造公文書行使罪が適用される……はず。一時期、弁護士ものの小説を読みまくって感化された時期があり、いつ使うんだと思っていた当時の知識が初めて生かされた。

顔写真付きの身分証明書。彼がそれを見せなくてもアウト。正直に見せてもアウト。それが偽物でもアウト。抜けのない、完璧な一手だと思った。天才ミステリー編集者は死んでいない。まだ堕ちてなんかいない。立花さんは、この展開にもっていくために、あえて相手の希望通りに対応していた。そうに違いない。

「ありがとうございました」

そう言って立花さんは免許証を返した。

「余談ですが羽鳥さん、同世代だったんですね。年は私のほうが一つ上ですかね。なんだか親近感が湧きました」

穏やかな口調の裏では、練りに練った計画を完璧に遂行している上司……。私の心には、言いようのない恐怖に似た畏敬の念が生まれた。この人が敵じゃなくて良かった。

そうして一段落したと言わんばかりに、アイスコーヒーが運ばれてきた。

「そうなんですよ、年近いですよね。見た目は立花さんのほうがずっと若々しいですけど」

コップを触りながら、羽鳥さんは謙遜した様子で言った。そして続ける。

「立花さん、僕のこと覚えていませんか？」

安堵していた私は、再び激しい流れに巻き込まれたような気がした。

＊

予想外のことが起こったとき、人はその場に自分がいることを忘れる。〝時が止まったような気がする〟という表現が正しいだろうか。羽鳥さんから発せられた、予想していなかった言葉。

「……すみません。最近物忘れがひどくて。どこかでお会いしたことありましたか？」

立花さんは若干困惑したような声で言った。

「やっぱり覚えているわけがないですよね」

羽鳥さんは、そう言って再びポケットに手を入れる。そして財布を開き、中から一枚の小さな紙のようなものを取り出した。

「これなんですが……」

彼はゆっくりと机の上に差し出す。その手は震えているように見えた。角がボロボロになっている紙切れは、サイズからして名刺のようだ。立花さんを横目に、そこに書かれた文字を目で追う。

中山出版……文芸部……立花涼……。

「君はまさか！」

名刺に書かれた見覚えのある文字を最後まで追う前に、立花さんが大きな声をあげた。思わず横を見ると、口をあんぐりと開けた、私がこれまで見たことのない驚きの表情を見せた上司がいた。

「はい。今から17年前ほど前でしょうか。御社に飛び込みで原稿を持ち込んだ僕に、立花さんがくれた名刺です」

羽鳥さんの声は涙ぐんでいた。

「僕がこれまでどのように生きてきたか、聞いていただいてもいいですか」

そう言った彼は、静かに語り始めた。


子どものころから本を読むのが好きだったこと。

内気な性格や容姿が原因でずっといじめられたこと。

小学生のとき、両親が亡くなったこと。

そこから施設での生活が始まったこと。

小説家になりたいという夢ができて、必死に毎日物語を書いたこと。

数多の出版社に原稿を持ち込むも、門前払いされたこと。

小説家の夢を諦めかけたとき、立花さんに出会って救われたこと。

当時もらった名刺は、今日に至るまで肌身離さずに持ち歩いていたこと。

その後は肉体労働をしながら、小説家を夢見て食い繋いだこと。

バイト先のゴミ処理施設で事故に遭い、顔に火傷を負ったこと。

立花さんが有名な編集者になったことを知り、勇気をもらったこと。

いくつかの文学賞では、何度か惜しいところまで進んだこと。

それでも出版の話にこぎつけられなかったこと。

何度も諦めかけたけど、立花さんが面白いと言ってくれた一言で、今までがんばれたこと。

立花さんがミステリー小説の編集から外されたと察したこと。

小説家ｂｏｔにＤＭで原稿を送ったこと。

以降スランプに陥り、精神を病んで躁鬱病だと診断されたこと。

未だに完治せず、定期的に死にたくなること。

何度か自殺未遂してしまったこと。

会いたい一心で過激な内容の原稿を送ってしまったこと。

立花さんから連絡をもらい、再び生きる希望が芽生えたこと。

これまでずっと、立花さんの編集でミステリー小説を世に出す夢が諦められなかったこと。

そして、その夢が今日かなおうとしていること。


涙を流しながら話す彼を見て、私もまぶたが熱くなる。

波乱万丈。そんな言葉では言い表せないくらい、彼は壮絶な人生を送っていた。正直、途中からこの人が殺害予告をしたことは頭から消えていたほどだ。気付けば出会って2時間近く経っていた。ただ、そんなことを忘れるほど、彼の話に心を打たれた自分がいた。

「ありがとうございます。今までよくがんばりましたね」

立花さんのこの一言で、羽鳥さんは感極まったように机に顔を伏せた。彼が立花さんに会いたかったのは、嘘じゃないと確信した。それがたとえ、どんな手段であっても。

「出版、絶対に成功させましょうね。今日はここまでにして、また後日打ち合わせしましょう」

「はい、ありがとうございます！」

立花さんが会計を済ませ、羽鳥さんを見送る。私たちはオフィスに戻った。しかし、その道中、立花さんは落ち着いた声で言った。

「小野寺、奴の話を信じるな」

＊

もしも小野寺に〝どうしても殺したい相手〟がいるとする。

君はその相手を絶対に殺そうと、何年も計画を練ってきた。

そしてその相手が、今君の目の前にいる。

さてここで一つ問題です。

君が〝その相手からされたら一番嫌なこと〟は一体なんでしょう？

分かったら教えてくれ。


デスクに着いた途端そう言って、立花さんは仕事を始めた。

「奴の話を信じるな」

立花さんの言葉が、頭の中で繰り返される。それは、感動ストーリーに心を打たれていた私を、現実に連れ戻すには十分すぎる言葉だった。私は羽鳥さんの言葉や話し方、涙を見て、どうしても嘘を言っているとは思えなかった。自分が殺したいと思っている相手に、されて一番嫌なこと……。警察を呼ばれること、拷問されること、その場の勢いで殺されること、家族を人質に取られること……。立花さんがわざわざ私に出してきた問題。その解答として、どれもしっくりこない。何年も計画していて、殺人は絶対に成功させたい。ただ、それが邪魔される。失敗に終わる。しかも自分にとって、一番嫌なかたちで。一瞬だけ何か分かりそうな気がしたが、上手く言葉にできなかった。その日はモヤモヤ感と、悔しい気持ちを抱きながらオフィスを出た。

*

「涼君、おかえり」

僕は、ただいまと返事をする。帰宅してドアを開けたときの、いつもの光景だ。家に着いたのは22時を過ぎていたこともあり、いつもはうれしそうに駆け寄ってくる息子はすでに寝ていた。今日は夕食を食べる気分になれなかったので、真由には明日の朝食べると伝え、僕は急いで自室にこもる。


羽鳥宗吾。

まさか奴があのときの大学生だったとは、夢にも思わなかった。

僕の名刺を持っていたこと、奴を見たときに感じたわずかな既視感、持ち込んできた短編集の内容……。想定していなかった偶然の出来事だが、奴の発言はどれもが僕の記憶と合致した。おそらく、あのときの大学生が羽鳥だったというのは間違いないだろう。

さて、ここからどうしていくか。

僕の計画はクライマックスを迎えつつあったが、ここに来てそんなサプライズがあるなんて。やはり奴は、想像以上の人間だ。

だが、奴は気付いていない。いいや、気付くわけがない。僕の完璧な計画に。

残念だったな、羽鳥。本当に君は残念だった。長年ご苦労だった。

今日の僕を見て、君はさぞ気持ち良かっただろう。

疑いようもなく、上手くいったと思っただろう。

だが、すまない。もう君は僕の仕掛けた罠に引っかかっているんだ。

しかもそのことにはまったく気付けない、完璧な罠。それもずっと前からだ。

さあ、僕を殺せるものなら殺してみろ。

君に、神は殺せない。

＊

「立花さん、私分かりました！」

翌朝出社するやいなや、小野寺はうれしそうな声で話しかけてきた。彼女なりに、一晩中考えたらしい。

「何年も計画を立てて〝どうしても殺したい相手〟にされて嫌なこと。それは〝計画を読まれて殺害を阻止されること〟だと思います」

なるほど。小野寺も少しは成長しているようだ。

「概ね正解だ。100点の解答ではないが、よく分かったな」

「本当ですか！　昨日全然寝ずに考えた甲斐がありました！　というか、帰宅してから羽鳥さんが家に来たらどうしようと思って、寝られなかったというのが正しいんですが……」

「大丈夫だ。羽鳥は君を殺すような真似は絶対にしない。僕が保証する」

「え、なんで言い切れるんですか？」

「僕には奴の動きが見えている。奴が必死になって考えた、殺人計画。ただ、残念ながら僕はもう奴が何を仕掛けてくるかは分かっている。自分では完璧だと思っていた計画。しかし、相手にその手の内がすべてバレていたのだと気付く瞬間。プライドの高い人間にとって、これほど恐ろしいことはない。だから僕は、奴の自尊心を壊してやろうと考えた。やることは簡単だ。あえて〝まんまと奴の罠に近づいた鴨〟のフリをする。なんなら〝ネギ〟も背負っていこうと思う。もちろんそこには、きっちり毒を仕込む」

彼女は真剣な表情で、何度も頷きながら聞いている。

「出版を持ちかけたのも、そのネギの一本だったということですか？」

「もちろんそうだ。あえて羽鳥の目の前で、僕は警戒を緩める。そして奴に自分の立てた計画が上手くいっていると錯覚させる」

　小野寺は聞き上手だ。彼女には、必要以上に話をさせてしまう力がある。僕は、編集者としてではなく、一人の人間として彼女にはこの物語の見届け人になってほしいという気持ちが芽生えていた。


「完璧な計画に必要なものは、意外とシンプルだ。徹底した事前準備、それを実行するタイミング。たったこれだけ。もちろん僕はほかにも何本もネギを用意した。そして奴はもうそれに手を出している。まあそれが何かは、悪いが小野寺にも教えられない」

「気になりますけど、きっと聞いても教えてくれないと思うので自分で考えてみます。でも、一つ疑問があります。鴨のフリをして近づく、それも毒のあるネギを大量に背負ったまま……というのは理解できました。でも、〝最後にやってくる殺し〟は、実際のところどうやって阻止するんですか？　もし羽鳥さんが警察に捕まっても、死刑か終身刑にでもならない限りは何年かしたら出所してくるじゃないですか。仮に今の羽鳥さんが犯した罪で考えても、脅迫罪くらいにしかならないんじゃないかなって思って」

「簡単だよ」

「え？」

「そのネギを入れたカゴの底。そこに奴を殺す秘密兵器を入れておく」

＊

「これ最高です！」

羽鳥さんは企画書を見ながら、うれしそうに声をあげた。

初めて会ってから1週間後、出版の打ち合わせをするからと、私たちは再びあのカフェにいた。あえて鴨のフリをして、毒入りのネギを大量に背負う。まんまと近づいてきたところを秘密兵器で殺す。

立花さんはそう言ったけど、私なりに考えてみたところで、この人が何を企んでいるのか分かるはずもない。架空の企画書だとバレていないだろうか……とヒヤヒヤしつつも、顔に出ないように努めた。命のかかっている高度な心理戦といえばそうなんだろうけど、それを実感させないほど、羽鳥さんは本当に立花さんのファンのような反応を見せ続けた。立花さんもそれに応えるように、誠実に対応している。

きれいな太陽光が差し込む、昼どきのカフェ。そんな平和な舞台で、〝全員が芝居をしている状況〟は、事情を知っている私にとっては異様だった。

「今回提案させていただいたコンセプトは、自殺の増える現代において、読者に強い勇気を届けることができると僕は思っています。当事者の気持ちが分かる、羽鳥さんにしか書けない作品です。なので、賛同いただけて一安心です。では、この方向で進めましょう」

「はい！　立花さんのアイデアをいただき、僕が小説として書けるのが本当にうれしいです。ありがとうございます」

羽鳥さんは深々と礼をした。しかし、その裏ではどのような真意があるのだろうか。

「それにしても羽鳥さん、これまで相当つらい思いをされてきたと思います。ただ、生きるということは尊いことです。このテーマをのせたすばらしい作品を日本中に届けましょう！　ではプロットができたら共有ください」

なるほど、と思った。ミステリー小説のプロットを考えることは、そう簡単なことではない。私も一度書こうとしたけど、どんな話にしたらいいか行き詰まって断念した。羽鳥さんが本当にずっと物語を書き続けてきた人なら、短期間で仕上げてくるかもしれない。とはいえ、それなりに時間がかかることには間違いない。

表現が合っているのかは分からないけど、〝小説を書かせる〟という行為は、相手の時間を物理的に奪える策だと思った。立花さんは真横で淡々と話しているけど、その一つ一つの発言の裏に潜む戦略が垣間見えるような気がした。それと同時に、あまりにもきれいに会話の流れをコントロールしている、その思考の深さにゾッとする。きっと私が見逃しているだけで、これまでのやり取りの中で、羽鳥さんにクリティカルヒットを決めているのだろうと思う。私は、自分なりにだが、発言の真意に気付いた瞬間、クラスの中で自分だけが難問を解けたかのような快感を覚えた。立花さんが考えていることに、少しでも近づきたい。心からそう思った。羽鳥さんは分かりましたと明るく返事をし、その日の打ち合わせは終了した。

そこから大体2週間に一度のペースで、進捗確認などの簡単な打ち合わせをするようになった。2回目の打ち合わせで羽鳥さんは、「自殺願望のある主人公が、せっかく死ぬなら完全犯罪で自分を殺してくれる人を作り出そうとする話」という、気になるプロットを仕上げてきた。最後にどうなるかは検討中だと言っていたけど、この話が読めるものなら読みたいと思ってしまった。ただ、当然今回の出版話は存在しないものだ。しかし、打ち合わせ自体は実際の本作りの流れに沿っていると立花さんは教えてくれた。客観的に見ると奇妙な状況でしかなかったが、もうこれくらいのことでは動じないメンタルになりつつある気がする。ミステリー小説はこうしてできていくのか、と半ば感動しつつ、私は行動をともにしている。

けれども私は立花さんに釘を刺されなかったら、羽鳥さんのことを完全に信じ切っていたと思う。あの人は、実は立花さんの本当のファンなんじゃないか……?と、この期に及んでも感じることがあった。

いつ仮面を外して、本性を出してくるのか。素顔を隠した期間が長引けば長引くほど、反動で降りかかる衝撃は大きくなる。このまま二人のやり取りを見続けたいという気持ちと、早く終わってここから解放されたいという気持ちが拮抗していた。

そして、3回目の打ち合わせ。

肌寒さが増す中で、架空の出版話は前回よりも本格的に進みはじめていた。立花さんは本の装丁を手がけるデザイナーさんは誰がいいかと、何人かの候補を提案していた。その作り込まれた資料を見て、どうすれば今回の本が売れるのかを一瞬本気で考えた自分がいた。羽鳥さんは、悩んだ挙句、手堅い大御所ではなく、新進気鋭の個性的なデザイナーを選んだ。

しかしながら、プロの役者ならまだしも、目の前にいる〝本気で殺したい相手〟と、こんなに円満な関係を続けられるものなのか。顔を合わせるたびに溜まっていくストレスにより、どこかで我慢の限界が来るのではないか。というか、もう完全犯罪とか関係なく、シンプルにぶっ殺したりしないか……。私の邪念が沸々と湧いてきた。特にここ2回の打ち合わせでは、私には立花さんの意図がまったくつかめず、もはや本当の打ち合わせが進んでいるようにしか見えなかった。後々デスクに戻ったときには、「かえって隙を見せすぎると怪しい。そういう回を混ぜることでリアリティを出していかないといけない」と言っていたが、私には年の離れた天才の言っていることがどうも腑に落ちなかった。そしてこの日の帰り、「隙を見せすぎると怪しい」と言っていた立花さんが、毎週日曜日には、羽鳥さんと一緒にジムに行って汗を流し、帰りに銭湯に行っていると聞いたときには、私の脳は理解しようとすることを放棄してしまった。ジムはまだほかの人がいるし、監視カメラもあるから理解できる。でも銭湯って危なくない？　石鹸で床ツルツルにされて頭打ったりとか、湯舟に沈められたりとか、私でさえ一瞬でそれっぽい殺し方が思い浮かぶんですけど……。それに、これまでの状況を抜きにしても、普通の社会人として仲良くなるのが早すぎないか。どんな物事にも、１００％というものは存在しない。鴨になることに徹するあまり、油断しすぎた立花さんが殺されちゃったらどうしようかと心配になる。立花さんが死んだら、私も事情聴取とかされるのかな。というか、警察の人に正直に話しても、信じてもらえなさそう。ただ、いろいろと考えたところで、仕方がなかった。いつも打ち合わせに出ても私は相槌を打ちながら座っているだけで、この場に自分は必要なのだろうか？と思うことしかできなかった。

＊

「……涼君、これどっちがいいと思う？」

帰宅して夕食を食べる僕に、真由はスマホでドレスの画像を見せてきた。彼女はどうやら黒と水色で迷っているようだった。なるほど、そのパターンか。通称「どっちが似合うと思う？」問題。僕はこの7年間の結婚生活で理解したが、これは先日の息子の教育方針に関する相談とはまったく異なるものだ。女性のこのような類の相談に男性の思考回路で対応すると、彼女らの怒りはレンチンしすぎたシチューくらい爆発する。男がこれくらいでいけるかな？と思っても、なかなかその通りにいかないのだ。この男女の考え方の違いに、僕も最初はずいぶんと苦労した。しかし、長年彼女と接するうちに、僕はスマートに対応できるようになっていた。シチューを絶妙な温め具合にするように。

一般的に、〝女性が自分の考えだけではどうしても決められない〟相談事には、〝彼女の苦労を理解したという十分な言葉をかけながら具体的な提案やアドバイスを入れる〟という対応が重要である。息子の教育方針の一件もこれに該当する。僕は彼女の意見に共感しつつ、まずは家庭学習で慣らしてあげようと提案した。ちなみに、提案するだけではダメだ。〝彼女の悩みを理解したという十分な言葉〟が存在しないと、どんなに示唆に富んだ提案でも女性の鼓膜を通過することはない。

ああ、つらかったんだね。それは大変だったと思うよ。君は本当にがんばっているね。

このような言葉を必ず提案やアドバイスの前に入れて、目の前で悩み、落ち込むかわいい生物を肯定する。この一手間を加えることで、夫婦の信頼関係が築かれるのだ。この発言は、本心から思ったことでないといけない。取り繕った言葉では、鼓膜に潜む門番に、いとも簡単にシャットアウトされるのだ。いつまでも夫婦円満に過ごすため、そして争いから身を守るためにも、世の男たちは日頃から妻に感謝したほうがいい。コソコソと浮気したり、風俗に行ったりしている場合ではない。

これに対して、〝女性が自分だけで決めることができる〟相談事は、具体的な提案やアドバイスはいっさい不要になる。これがとんでもない落とし穴だ。大抵の男は、見誤ってレンジの中でシチューを撒き散らすことになる。今回の〝どちらの服が似合うと思う？〟に対しては、〝相手の話をただ聞いて具体的な回答を控える〟という対応が正解になる。重要なのは、共感、肯定、承認、賛美、関心。そこに助言なんて言葉は存在しない。僕がこのことに気付いたとき、せっかく時間をかけて読んだミステリー小説の犯人が、実は超能力者でした！という展開ほどの理不尽さを感じたものだ。

今、僕の目の前で悩む妻は、ドレスの色を黒か水色かで迷っている。僕は口を開いた。

「あ〜、これは迷うね。黒のドレスのシルエットもかわいいけど、水色のドレスのデザインも素敵で捨てがたいんだよな。特にこの肩の部分とか透けていてかわいいね。真由が悩むのも分かる。うーん、どっちがいいかなあ」

ああ、決まった。思わず笑みがこぼれそうになるほどに決まった。共感、関心、肯定のトリプルコンボ。長年磨き上げられた僕の直感が、心の中でささやく。

「彼女は今、水色に惹かれているよ。ここから5分ほど画像を見ながら考えるよ。迷った挙句、黒のドレスに文句をつけて水色を選ぶよ」

長年彼女を見てきた僕からすれば、この推理はあまりにも自信があった。普段は絶対にしないが、今日は追加でこれもお見舞いしてやろうかと思った直後、真由は言った。

「そうなんだよねえ。でも涼君がそう言うなら黒に決めた！」

……女性を理解し切ったなどと男が油断しようものなら、痛い目に合うのが世の常だ。僕はギリギリのところでシチューをぶち撒かずに済んだ。

＊

今日は木曜日。待ちに待った日だったので、私はいつもより早く目が覚めた。美沙の新しい本が、いよいよ情報解禁されるのだ。事前に告知動画を立花さんとチェックしたけど、ファンの購買意欲をかき立てるようなすばらしい出来だった。内容は、あの騒動から新しい本を出すまでの裏側に密着したドキュメンタリー形式。台本もやらせもいっさいなし。本は当初のライトな内容から、彼女の生き方や人生哲学にフォーカスをあてた自己啓発色の強いエッセイに変化した。話題になった容姿論を中心に、整形やメイクに関する実用ネタも盛り込んだボリューミーな一冊だ。告知動画には、本気で世の中の女性について議論する様子なども収録されている。こんな大作を作り上げた美沙を心の底から尊敬するし、友人としても誇らしい気持ちでいっぱいだ。あの騒動で一時はどうなるかと思ったけど、話題になったことでミサを知らなかった層にもアプローチできて、彼女の人気はより強固なものとなった。

初めて関わった本が、まもなく完成する。現時点でも感極まりそうだ。初版部数は、エッセイとしては異例の10万部を予定している。部内でもトップクラスの初版部数だと、立花さんが教えてくれた。たくさん予約が入ればいいな……。いや、入るに違いない。まだ本屋さんに並んだわけじゃないけど、美沙をどうやってお祝いするか考えはじめていた。

＊

僕はパソコンを見て、思わず笑みがこぼれた。３日前に情報解禁したミサの本の予約状況は、予想以上に順調だった。ネット書店での予約数は、現在3万部を超えている。業界では、重版がかかる書籍は全体の10%ほどといわれている。そんななか、ミサ本は発売前の重版が確定的だった。それも異例のスピードで。まだ情報解禁から3日足らずで大ヒットを確信したのは、僕の長い編集者歴でも初めてだった。

今日は日曜日。つい昨日の夜中までSNSで本の反響をチェックしていたので、少し寝坊してしまった。僕が起きると、真由はいつもより気合の入ったメイクを済ませていた。黒色のドレスに身を包み、終始上機嫌な様子だ。

「おはよう。似合っているね」

そう声をかけると、そうでしょと言わんばかりの表情でうれしそうに笑う。ドレスは今日のために奮発して買ったようで、専門学校時代の同窓会があるらしい。対する僕は、ジャージとリュックのいつものスタイルに着替えた。僕の日曜の過ごし方は、羽鳥と筋トレ、銭湯、書籍の打ち合わせという、一見すると生産性の高そうなルーティンに変わっていた。

時計を見るとちょうど朝8時半だった。いつもよりゆっくりとした平和な朝。「行ってくるね」とリビングに向かって声をかける。

「涼君、行ってらっしゃい」

僕は、彼女のいつもよりどこかうれしげな声に送り出された。

＊

パソコンを開き、計画を再度確認する。
我慢の限界だった。
大丈夫。これまでたくさん準備をした。
絶対に、バレない。
いよいよ今日、実行する。
裏切ったあなたが悪いのです。

＊

ああ…
しんぞうが、あ…ばれる…
つくえの……うえ…
て…とど…かない…
…ロ…テイ…れた…
…くるし……
……どう…し…て
…たま…われる…

いき、で…きない…

ぼく…まだ…しねな…い…

だ…れか…たす…け…………

＊

「小野寺優香さんですね？」

月曜日の昼休み。警視庁を名乗る2人の男性から声をかけられた。身に覚えのない訪問に困惑していると、彼らは私の目を見て話しはじめた。

生前に様子がおかしくなかったか。

現場に、遺書……。

彼らの口から出た言葉は、私にとってはあまりに聞きなじみのないものだった。

何を言われているのか、まったく理解ができない。

なんで？

どうして亡くならないといけなかったの？

急に訪れた現実を受け入れることができなかった。

何か知っていることはないか。
そう言われ、私はこれまでに見たすべてのことを話した。
ねえ、立花さん。一体何があったの……？

# 第四章

# 悪魔は殺す、何度でも

僕が読書を好きになったのは、父から受け続けた虐待がきっかけだった。

まだ幼稚園に通っていたころ、父は幼い僕に手を上げることはなかった。その代わり、父の機嫌が悪くなるたび、母の体にはあざが増えた。母は毎日泣いていたように思う。そして小学校に入学したころから、父の怒りの矛先は僕にも向くようになった。学校にバレないようにするためか、拳が飛んだのは顔など目立つ部分ではなく、いつもお腹か背中。家に帰ると父に殴られる。それが嫌だった僕は、いつも閉館時間ギリギリまで学校の図書室で過ごしていた。

本を読み、物語の中にいる時間だけはつらいことを忘れられる。毎日、放課後になると一人でいろんな物語の世界に入ることが習慣になった。多くの小説好きが通る道と同じく、僕もミステリーというジャンルにどっぷりとハマった。小学4年生の時点で、図書室にあったミステリー小説はほとんど読み尽くしたように思う。読書は僕に、ほんの少しの生きやすさを与えてくれた。そして多様な殺害トリックを目にするうちに、「父を殺すならどうするべきか」と自然に考えるようにもなった。

1995年1月、11歳のときに僕は両親を殺し、家に火をつけた。木造の家は地震で半壊した後、全焼したと知った。恐らく遺体も跡形もなく燃えてしまったのだろう。結果、僕のしたことは誰にも知られることはなかった。仮にバレたとしても、年齢的にまさか僕がやったとは誰も考えもしなかっただろう。僕はこのとき初めて、自分は神に選ばれた人間なのだと自覚した。

その後、僕は震災で両親を失った、いわゆる震災孤児として児童養護施設で育てられた。両親がいなくなっても、本を読む習慣だけは続いた。中学に進学しても友達ができるわけでもない。でも、これまでよりも大きな図書室に入り浸り、新しい物語に毎日出会えたことが何よりも楽しかった。「この人を殺したらどうなるのだろう？」「どういう手口だとバレずに殺せるのだろうか？」と妄想を膨らませる日々。あのときの感触、興奮をもう一度味わいたい。どす黒い欲望が、僕の中で日に日に大きくなっていく。

その欲望は些細なきっかけで爆発した。あれは高校1年生のときだった。

小さなその駅には、前後左右どこを見てもおそろいの服を着た人間があふれていた。電車がやってくるたび、ぞろぞろと動いて空いたと思いきや、その空間には減った分だけの人間がまた補充されていく。自分の露出した肌に、汗でじとっとした生温かい他人の肌が触れるのは、あまり気持ちいいものではない。耳に入ってくる「楽しかったね」「かっこ良すぎた」などの声から、近くにあるそこそこ大きなライブ会場で、人気アーティストのコンサートがあったことがうかががえる。

初めて訪れた遠方の図書館で一日過ごした後、僕はたまたまその場に居合わせてしまった。電車は、停車せずに通過するものもあった。このペースで行くと、僕が乗車できるのは最低でもあと2本の電車を見送った後。乗車後も、1時間近く立ちっぱなしかと思うと非常に憂鬱だった。せっかく選んだ小説もこの劣悪な環境では到底読む気になれなかった。

ああ、暑い。早くここから解放されたい。なんで僕がこんな目に。逃れようのない現実に、心にあった憂鬱さが徐々に苛立ちへと変わっていった。

恋人が欲しいという、長年抱えていた欲求は、時折本気で人肌恋しくなって耐えきれない瞬間へと変化する。これと同じように、僕の中で長年存在していた人を殺めたいという欲望は、突然抑えきれない衝動になり襲ってきた。そして、感じた。

これはいけるかもしれない。

その途端、苛立ちはスッと熱を冷まし、一気に思考がクリアになった。僕は伸びをするように上を見上げ、首をゆっくり3周ほど回した。予想通りだった。ホームに監視カメラは見当たらなかった。前方をじっくり眺め、半歩前に出る。脳内で自分がとるべき行動を順番に思い浮かべた。深呼吸をして一度すべての流れをシミュレーションした後、必要な動きを2回確認した。失敗は許されない。僕は合図が鳴るのを待った。心臓はこの瞬間を待っていましたと言わんばかりに、小気味良いビートを刻んでいた。

「テレテレテレテレチャラーン」

電子音じみた鐘の音がホームに響く。これから起こることを何も知らない、とても平和な音に感じられた。僕はふうと息を吐いた。

「まもなく2番線を列車が通過します」

耳に飛び込んできたアナウンスと同時に、重いリュックに身を委ねるかのように肩の力を抜いた。肘を少し曲げて、拳をグッと握る。

「危ないですから、黄色い線までお下がりください」

踵を上げつま先で立ち、大きく息を吸い込んだ。

今だ。

「痛っ」という声を発しながら、僕は前方に倒れ込む。直後に僕の鼻が、前に並んでいた小柄な女性のうなじにぶつかりそうになる瞬間。ほとんど反射で手を開き、その手のひらを通じて、彼女の肩甲骨へと体重をのせた。耳元で「わっ」という声が聞こえ、景色がゆっくりと横転していくと同時に、バタンという衝撃が体へと伝わった。景色が見えない中でも、あたりが騒然としていることが分かった。「ファーーーーーン」という警笛が、ごった返す駅から生まれた声をすべて掻き消し、その場を制圧するかのように轟く。そこにスパイスを加えるように、甲高い女性の悲鳴が響いた。僕は倒れたまま、きっかり10秒数える。そしてあえて前を見ないように時間をかけて起き上がった。後ろにいた人たちを見渡すように4秒ほど睨みつけた後、線路のほうをゆっくりと振り返った。そこに広がっていたのは、僕が想像した以上の光景だった。

扉を閉めたまま動かない列車。目の前で重なり、倒れている人たち。ただ事ではないという、張り詰めた空気。それらを取り囲むよう存在している、呆然と立ち尽くす大勢の人間。

そのどれもが本では味わえない、臨場感に満ちた非日常の景色だった。周囲が目を背けたりパニックになったりしているのを横目に、僕はその光景を目に焼き付けた。

しばらくそうした後、今度は目をつぶり鼻先に意識を集中させた。そしてわずかに感じ取ったにおいを逃すまいと、鼻からゆっくり大きく息を吸い込む。その空気が気道を通り、肺へと溜まる感覚を味わいながら、息が持たなくなるまで呼吸を止めた。父が絶命した瞬間を思い出す。絶望と高揚感という、相反するものが混ざり合うにおい。人が焦げ、弾けたようなにおい。何度も深呼吸を繰り返し、生命というこの世で最も尊いとされるものを、自らの手で葬った事実をじっくりと感じた。

ただ、人間はいつだって欲深いものだ。

5分ほど経ったころだろうか。僕は今目の前で起こったことと、両親を殺して火をつけたときを比べた。すると、僕は何をしてきたんだろうというような、心に穴が空いたような感覚に陥った。徹夜で試験勉強をしたのに、想像以上に解けなかった学期末のテストのような感覚。やるせない虚無感。誰が死んだかも分からない。それに、倒れ込んでいた僕は、その誰かが死を迎える瞬間を直接見届けることさえできなかった。あまりに刹那的な出来事。満足感よりも、圧倒的に大きな喪失感だけが僕に残った。

後からわずかに見えた〝それ〟も、原形をとどめていなかったこともあり、どこか物足りなさを感じた。突発的な衝動に駆られ、浅い計画で感情的に動いてしまったことを僕は激しく後悔した。人を殺すなら、もっと計画的に。さまざまなパターンを想定し、綿密に準備を行う。他人にバレてしまってはなんの意味もない。〝誰にもバレない殺人〟こそが、最も美しいのだ。

＊

「悪人の赤ちゃんはいないの」

僕が深く感銘を受けたとある小説は、この書き出しから始まる。しかし、殺人などの凶悪な犯罪に手を染めてしまう人間は、いつの時代にも一定数存在している。殺人を悪とするならば、それはふとした拍子に人生の歯車が狂い、歩むべき道を踏み外すということ。では、そのふとした拍子とはなんなのだろうか？

僕は、どうやって殺すのか？という具体的な手口のほか、どうして犯罪者に育つのか？という側面をあれこれ考察することも好きだった。生い立ち。環境。サイコパス。さまざまな凶悪犯罪を調べていくうちに、特に「少年A」と報道されるような若年層の犯罪者に、僕はいくつかの共通点を見つけた。それは大学2年生のころ、彼らが獄中から出版したエッセイを読んだことがきっかけだった。

〝歪んだ家庭環境〟。これが僕の見つけた最も大きな共通点だった。度重なる両親の離婚や再婚。日常的に行われる虐待や家庭内暴力。経済的困窮や教育不足。過度な宗教信仰による社会性の欠如。これらすべての原因となっているのは、幼い子を取り巻く環境であり、その親たちだ。僕自身も、物心ついたときから暴力が日常茶飯事の環境で育った。人を殴ってはいけない。人が嫌がることをしてはいけない。そんな世間一般的な〝常識〟が作られるのは幼少期であり、その基準を作るのは、いつだって子を育てる親となる。小さな子どもにとっては生まれてから目にする世界がすべてなのだ。そしてあるとき、幼稚園や小学校という小さな社会に放り出されて、初めて自分の持つ当たり前が周囲と違うことを知る。そこでなじめないことでいじめに遭ったり、当たり前だと思っていたことが否定されたりすることで、心にどんどん傷を負っていく。そのまま社会から隔絶されながら年を重ね、生きていくことに希望が持てなくなっていく。罪を罪だと認識しながらも、それを実行する体力がついたころには、もう遅い。

ただ、僕は彼らを見ていつも思った。ああ、なんて愚かなのだと。

親から真っ当な教育を受けなかったことが愚かだと言っているのではない。壮絶な生い立ちの彼らが、決死の思いで犯した罪を見て、「なぜそんな詰めの甘い犯行をするのか」という残念さに近いものを感じたのだ。彼らには、その善悪は置いておいて、普通の人間にはない罪を実行する気概や勇気はあると僕は思う。しかし、そこに教養や知性という重要なものが圧倒的に足りていないのだ。

誘拐して殺す。強姦したいから殺す。死刑になりたいから殺す。強盗して殺す。そういった殺人に絡んだ身勝手な俗欲を見るたびに、極度の嫌悪感を覚えた。こんなの、まったく美しくないじゃないか。

人は、思っているよりも簡単に死ぬ。だから殺すことは、その一歩を踏み出すことができれば至って簡単なのだ。キッチンから包丁を持ち出して、そこらを歩いている人間の首をめがけ、後ろから何度も刺せば良いだけだ。ただ、それを誰にもバレないようにすること。これが最も難しく、そして美しいのだ。

数多のミステリー小説を読み、数えきれないほどの手口やアリバイ工作を頭に叩き込んだ僕にとっては、いかにバレないようにするか?ということが絶対的な美学だった。誰にもバレなければ、人が消えていくあの快楽を何度も味わうことができる。自らの計画がどこまで通用するのかを、最も尊ばれる〝命〟で試すこと。これが僕にとって何者にも代えがたいエンターテインメントなのだ。俗欲にまみれた奴や、下手な計画で捕まる奴とは違う。僕ならもっと上手くできる。

新しい計画を実行したのは、僕が中山出版に就職して8年目を迎えたときだった。

＊

今回の計画は、かつて混雑した駅で引き起こしたあの〝人身事故〟のように、日常に潜む些細な出来事がきっかけだった。いつも電車で移動する際は読書をすることが多かったが、この日はどうも体調が優れず本を開く気になれなかった。手持ち無沙汰になり、ぼうっとして過ごしていたそのときだった。ある中年のサラリーマンのスマホ画面が、チラリと見えた。彼はＳＮＳを見ながら、熱心に画面を親指でスクロールしたり、何か文字を打ち込んだりしていた。当時、ミステリー編集者として脂が乗っていた僕は、野心と自信に満ちあふれていた。日常的にフル回転させていた脳からは、さまざまなアイデアが生まれる。そんな僕の視界にたまたま入った光景。バレないようにチラチラと横目で追った、ただの他人のスマホ。そしてすぐさま強烈なアイデアが浮かび上がる。

僕はこの人を殺せるかもしれない、と。

正直このころは、ミステリー小説を作って世に送り出すことの楽しさに傾倒していた。そのため、誰かを殺したいという欲求は影を潜めていた。ようやく手に入れることのできた、誰が見ても順風満帆といえる社会人生活を楽しんでいたのかもしれない。もちろん、黒い欲望がなかったわけではない。機会が訪れなかったゆえに、実行しなかっただけの計画はいくつも存在している。

しかし、今日僕が遭遇したのは絶好の機会。実行しない手はなかった。

ただこれまでとは違い、僕は一つの縛りを設けた。「一度も彼に触れずに殺そう」と。

*

おっさんと仲良くゲームをすること。

これが今回の計画だった。

誰にもバレず、そして自然に殺すにはいくつかの条件が必要だった。まず大前提として、もしも計画が失敗しても不自然にならないこと。極端な話、包丁を持って相手の家に行って殺し損ねれば、殺人未遂や住居侵入の罪に問われてしまう。基本ではあるが、とにかく何かの証拠を残してしまうから犯行がバレてしまうのだ。美しい殺人をするためには、ここに留意する必要がある。

つまりはこうだ。

・相手が自分に危害が及んでいると感じない。
・死ぬ瞬間までなぜ自分が死に至ったのかが分からない。
・気付けば死を迎えている。
・証拠は残さない。

この条件が成立したとき。もし犯行に失敗しても、相手から見て何も起こっておらず、証拠も存在しない以上は、誰も僕に到達することはできない。「言うは易く行うは難し」ではあるが、誰もが無理だと思うからこそ、やる価値がある。美しい完全犯罪のために。

電車で揺られていたおっさんの画面が目に入ったとき、あるものが見えた。

「ナツメ……、リュウオウ」

忘れないよう、脳内で繰り返しながら帰宅した。そして一人になった瞬間、それをSNSの検索窓に打ち込んだ。すると、それらしいアカウントが表示された。アイコンには、きっとどこかで彼が撮ったのであろう、何の変哲もないうどんの写真。IDは@natsumeryuou。フォロワー数が10人程度なのに対し、フォロー数がおよそ120人。よくある情報収集も兼ねたプライベート的なアカウントだろう。フォロー欄をあさると、著名なイラストレーター、ゲーム配信者、グラビアアイドル、大手報道メディア、事故物件マニアなどのアカウントで構成されていた。少しオタク属性のある、どこにでもいそうな中年男性。おおかた予想通りだ。僕は今回の標的を「ナツメのおっさん」と呼ぶことにした。

ナツメのおっさんのアカウントは、一日に2、3回ほどアクションがある。内容は至って普通で、誰かの投稿を拡散したり、遊んでいるゲームや昼に食べたものを投稿したりする日常的なものだった。当然だが、これだけでは彼の名前や勤めている会社などの個人情報までたどり着くのは難しい。しかし、過去の投稿を遡っていくと、SNS上で頻繁にやり取りしている人が3人いることがわかった。そのうち2人は、事故物件マニアというニッチなアカウントを共通してフォローしている人間だった。彼らはナツメのおっさんの食事の投稿に対して「おいしそう」「ここの店はこれもおすすめ」といった、一言か二言の感想を返信している程度の関係のようだ。しかし彼はそれに対して、長文でていねいに返信していた。僕はそれを見て、彼の歩んできた人生を察した。この人はきっと会社で成果を出してきたようなタイプではなく、ある程度のところで見切りをつけてしまったのだろう。今の暮らしに満足しているわけではないが、最低限の生活はできているから不満はないと信じ込んでいる。他者からの承認に飢えており、友人と呼べるような相手がほとんどいない。数十年生きた結果が、誰かに誇れることが何もない、平凡な人間になってしまったことなのだ。

休日返上で仕事に打ち込み、常に情報のアンテナを張って生きていた当時の僕には、ナツメのおっさんは理解しがたい存在だった。担当してきた多数の新人作家のなかには、40歳を超えてから筆をとった人もいる。そうした活力ある人たちと日々接していたこともあり、人生半ばで諦めているナツメのおっさんが僕にはかわいそうな生き物に見えた。本人はそれでいいと思っているのだろうか。本気の出し方をとうに忘れ、年齢を重ねたことを言い訳にしているのではないだろうか。同情にも似た感情があふれ、年齢はただの数字なのだと改めて実感した。

そして僕は気付いた。ああ、こんな人間、死んでも誰も困らないじゃないか。

＊

その日、ナツメのおっさんのＳＮＳから得られる情報すべてに目を通した。新しい計画を作ることに興奮したからか、体の不調はどこかに消えていた。

思い浮かんだ人物像をもとに、シナリオを頭の中で作り上げる。思考を巡らせていけばいくほど、ふわっとしていた姿の輪郭が形成されていく。１時間ほど経ったころだろうか。僕の脳内でナツメのおっさんの操り人形が完成した。しかし、まだ完璧ではない。どのヒモを、どういった順番で、どれくらいの力加減で引っ張るのか。どうすれば本人に気付かれず、断頭台へ登らせることができるのか。僕が導き出したその答えが、〝おっさんと仲良くゲームをすること〟だった。

僕は急いで今回の計画用に新しくアカウントを作り、彼がフォローしているアカウントを中心にフォローした。名前は呼びやすく、当たり障りのないものが良いと思い、「コウスケ」とした。アイコンは、ネットで適当に拾ったラーメンの写真だ。年齢は40代半ば、関東在住、妻子持ちの中流家庭のサラリーマン。まるで小説の登場人物を考えるかのように、ナツメのおっさんの共感が得られるような設定を作り込んだ。そこからは1ヶ月ほど、僕はコウスケになりきって投稿したり、他人の投稿にいいねを送ったりして過ごした。コウスケのアカウントがそれなりにアクティブになってきたころを見計らい、僕はナツメのおっさんをフォローした。彼のキャラ的に、第三者からフォローされることは珍しいはずだ。3時間ほど経った後、予想通りにナツメのおっさんはあっさりフォローを返してきた。第一フェーズは問題なくクリアした。

＊

せっかく綿密な計画を立てても、変な欲を出したり、焦りすぎたりして失敗してしまう犯罪はたくさんある。

かつて、あと一歩で完全犯罪になりかけたことで名を馳せた事件がある。トリカブトの毒を使った殺人事件だ。犯行の手口自体は鮮やかなもので、さまざまなニュースやドキュメンタリーで取り上げられた。当時の世間は、まるでミステリー小説ばりのトリックだとはやし立てたものだ。犯人の男は妻を毒殺。凶器として用いられた毒物は、トリカブトに含まれるアコニチンと、フグ毒として有名なテトロドトキシンの2種類を混ぜ合わせたものだった。どちらもわずかな量を摂取するだけでも死亡する猛毒。アコニチンには、摂取すると数分で死に至るほどの強い即効性がある。しかし犯人は、そこにテトロドトキシンを混ぜることで、両者の毒性を一時的に打ち消しあうことを発見した。この特性を生かしたトリックで、犯人は自らのアリバイを作ったのだ。妻に毒の入ったカプセルを飲ませた後、彼はすぐに飛行機に飛び乗る。そうしてアコニチンで妻が死亡した時間には、すでに遠く離れた土地にいるというシナリオだ。死亡した原因はアコニチンによる中毒死。しかし犯人の男はその時間は現場にいない。ここまで聞くと、美しい完全犯罪のように見える。

しかしこのトリックが失敗したのは、犯人を取り巻く状況が原因だった。なんと犯人の男は、出会ってわずか6日の女性にプロポーズをして結婚している。そして妻となったその女性が亡くなる20日前に複数の生命保険に加入させ、多額の保険金を自分が受け取れるようにしていた。そして女性は毒物により急死。ただ女性に持病はなく、至って健康。さらには男が沖縄旅行中に突然死というシチュエーション。女性の友人らに夫が凶器となったサプリを飲ませるところも目撃されていた。極めつけは、男が業者から大量のフグを購入していたことや、花屋で大量のトリカブトを購入していたこと、そして過去に結婚した女性2名ともが死亡していることが発覚する始末。

いくら完璧な手口を考案し、実行できたとしても、怪しまれる要素がここまで多いとなんの意味もない。精巧に練られたトリックだけでは、美しい殺人は完成しないのだ。彼のように、金に目がくらみ、結果を急ぎすぎると結局は失敗してしまう。焦らず、とにかくじっくり、時が来るのを待つ。動機として存在させるのは、人を殺したいという純粋でシンプルな欲求のみ。

ナツメのおっさんを殺す僕の計画は、次のフェーズに進んだ。

＊

僕が選んだゲームは「ドラゴンファンタジー」だった。通称「ドラファン」。

ナツメのおっさんが一番遊んでいるオンラインゲームであり、日本のみならず、世界中にプレイヤーがいるモンスターゲームだ。彼がフォローしているゲーム配信者たちもこぞってプレイしている。

自らの情報をいっさい明かさず、それでいて相手の情報を得やすいオンラインゲームは、今回の計画にもってこいだ。僕は〝コウスケ〟として過ごしながら、並行してドラファンを購入して毎日のようにプレイしていた。もちろん計画を達成するための手段である。業務的に敵を倒して、キャラのレベル上げに勤しむ日々。そしてナツメのおっさんがフォローを返してきた翌日から、さらに2ヶ月ほどかけて彼の投稿に対して積極的に絡むようにした。最初はいいねを送り、徐々に投稿に対して返信を送るようにした。彼は毎回2行ほどの僕の文章に対して、聞いてもいないことまで返信をしてきた。僕はそれに対して肯定的な反応を返す。そして頃合いを見て、「誰か一緒にやりませんか？」という一文を添えてドラファンのゲーム画面を投稿する。すると、すぐに彼から「自分でよければ」という返信が来た。

ドラファンでは、ゲーム内のチャット機能でも交流できるが、僕の目的はあくまで肉声で会話をすること。通話しながらのプレイがマストだった。特にきっかけもないのに、いい年したおっさんが他人と何時間も通話するということはほぼ起こらない。しかし、一緒にゲームをするという目的があれば話は変わってくる。僕は彼に「一緒にやりましょう」とDMを送り、強いボスを倒すのを手伝ってほしい、よければ通話しながらやりませんか？と誘った。強い敵を倒すには、こちらから攻撃が来るだの、今からこういうふうにしますだの、通話をしながらのほうが快適にプレイできる。わざわざタイピングするのも面倒だし、チャットを読むのも億劫だ。オンラインゲーム界隈では、ある程度の常識であった。平日は仕事終わりに、休日はほぼ一日中、毎日欠かさずにやり込む。それが3ヶ月も続けば、ナツメのおっさんには及ばないにしても、勇者コウスケはそこそこのプレイヤーに育った。彼から見ても一緒に戦う仲間として受け入れられるレベルに達したはずだ。3ヶ月間もの〝修業〟を積んだ僕を労うかのように、彼は通話しながらのプレイを快諾してくれた。

「初めまして。ナツメです」

初めて聞いた彼の声は、想像より芯のある低い声だった。まずはゲームの話題を中心に、当たり障りのない話をしながら適当な雑魚敵を狩る。少しでも早く打ち解けるため、彼のプレイをひたすら褒めまくった。ナツメのおっさんは、SNSで繋がった人と通話しながら遊んだのは初めてだという。ただコウスケさんとは趣味嗜好が合いそうで気になっていました、と話してくれた。計画通りだ。

そしてこの日から、週に4回のペースで一緒にゲームをすることになった。1ヶ月ほど経つと、普段はどんな仕事をしているのか、結婚はしているのかなど、プライベートな会話も増えてきた。ナツメのおっさんは既婚者で、高校生になる娘がいるそうだ。そして早くも2ヶ月が経過し、ネットでできた友人としては十分に打ち解けてきたある日のこと。いつものようにゲームをプレイして敵を倒した後、ひと段落したタイミングで僕は罠を仕掛けた。

「ナツメさん、聞いてくださいよ。昨日大変な目に遭ったんです」

彼は面白そうに、どうしたのかと聞いてきた。

「実は最近、知り合いから痴漢風俗というものを教えてもらって、昨日初めて行ってみたんですよ」

彼の相槌が1トーン上がった。反応は悪くない。

「僕は普段風俗とかは行かないんですけど、昨日は嫁の帰りが遅いのでチャンスだと思ったんです。せっかくなので、良さげな嬢をしっかりリサーチして指名したんですよ」

「おお」

「それでね、僕が予約した娘、『業界未経験！　その清楚な見た目からは想像できない、ダイナマイト級の魅惑ボディ！』みたいなキャッチコピーで。もうウキウキだったんですよ」

「いい感じじゃないですか……！」

「でも実際に出てきたのが……、本当に経験も愛嬌もない子で、しかもボテボテの体だったんですよ。ドラファンで言ったらボスゴリラみたいな……」

僕がそう言うと、ナツメのおっさんは声高らかに笑った。

「しかも途中からすごい不機嫌になってね、不完全燃焼で終わりましたよ。違う意味でダイナマイトでしたよ。なけなしの小遣いをはたいたのに……」

「コウスケさん、それは面白すぎますって」

ナツメのおっさんの声で、もう一段階テンションが上がったのを感じた。準備は万端だ。僕は続けた。

「そういえば痴漢で思い出したんですけど、知っています？　女性って本当に痴漢に遭ったら、全然声が出ないらしいですよ。よくある『この人痴漢です！』みたいなのって、ドラマでしかないらしいです」

「えっ、そうなんですか？」

「ええ。だって長年電車に乗っているのに、痴漢で捕まった人なんてそうそう見たことなくないですか？」

「確かに、言われてみればそうですね」

「まあ、叫ぶ行為なんて日常生活でもほとんどないのに、いざ痴漢されたときにそれができるかと言われれば難しいらしいですよ。最近飲んだ会社の女性陣もみんな言っていました。復讐されるかも……とか考えてしまって怖いんですって」

「それは知らなかったです」

「だから逆に男は男で、この子はいけるってコツをつかんだら、あとは触りたい放題している人が結構いるらしいですよ。なんでもバレない触り方があるらしいです。風俗なんかと比べてもスリルが全然違うから、とんでもなく興奮するらしいですよ。ただこの話のソースはネットなんですけど」

「はは、とんでもない世界ですね……」

「でもね、ぶっちゃけこんなこと言っちゃなんですけど、風俗で失敗した身からすればちょっと羨ましいなと思っちゃいましたよね。興味本位で調べたんですけど、関東だと平日のＸＸ線で、時間は夕方のラッシュ時が一番バレずにいけるって書いてありました」

　一瞬、彼のハッと息をのむ声が聞こえたような気がした。そう、当然名前を出したのは僕と彼が利用する電車の路線だ。顔も知らないゲーム仲間から聞いた、嘘か本当かは分からないけど興味のある話。出まかせだったとしても、毎日のようにグラビアアイドルの水着写真にいいねしている中年男性が、その話を聞いたときにどう思うか。僕には強い確信があった。ナツメのおっさんは、声のボリュームを落として言った。

「まあ僕も男なので、正直少しは気になりますよね。でもコウスケさん、バレない触り方とか本当にあるんですかね」

僕の狙ったとおりの返答だった。

「やっぱり気にはなりますよね。なんか、ＡＶみたいに明らかにお尻を揉んだりすると、本人もそのまわりの人も気付くからダメらしいです。だから『たまたま電車が揺れたときに当たっちゃった』みたいな感じで触ると意外といけるみたいですよ」

「確かにそれは事故みたいな感じですもんね」

「カーブで一気に曲がって電車が大きく揺れるときがチャンスだって、ネットの痴漢名人が言っていました。笑っちゃいますよね」

「分析がすごい……。もうプロの犯行ですね」

彼が一言発するたびに、断頭台までの距離が一歩ずつ近づく。会話の主導権、話の流れ、すべてが計画通りだった。

「あと、もしバレても触ってないって主張して、名前と電話番号を書いた紙を渡せばいいらしいですよ。名刺を出しちゃうと会社にバレるので、絶対にダメみたいです。電話番号も嘘だと疑われたら、その場でかけてもらって自分の携帯見せればいいんですって」

「天才的な発想ですね……。思わず感心してしまいました」

リスクがほとんどなく、ラインをたった一歩跨ぐだけで快楽が手に入るという状況で、果たして人は我慢ができるのだろうか。僕の計画は、いよいよクライマックスにさしかかった。

指一本触れることなく、知り尽くした相手を抹殺し、その瞬間まで見届ける。それが今回の計画だった。だから、せっかく準備を整えたのに、僕のいないところで勝手にナツメのおっさんに死なれては意味がない。きっかけにゲームを選んだ理由は、ナツメのおっさんと通話して仲良くなる以外にもう一つあった。

僕と彼との間では、ゲームをやる日は特に決まっていなかった。チャットで今日何時からできますか？と誘うケースや、一緒にプレイしているときに次回の約束も取り決めることが多かった。そうして互いのスケジュールを自然に確認することが2ヶ月続いた結果、僕は彼が会社から帰る時間をある程度把握することができていた。彼のほうが僕よりも遅い時間に仕事が終わることが多く、いつも19時20分〜20時10分の範囲で電車に乗ることを把握していた。ナツメのおっさんに植え付けた快楽の種。後はそれが花開くのを待つだけだ。

今回目指す死は、物理的なものではなく〝精神的な死〟だった。家庭を持った中年男性がいい年して性犯罪に手を染めた先にあるのは、社会的な抹殺ただ一つ。そして僕が想像していた以上に早く、そのときはやって来た。

＊

僕は仕事帰り、いつも19時には駅で待機していた。電車がやってくるたび、ナツメのおっさんが乗っていないかを確認し、いなければ見送るということを繰り返す。今日何時からできますか？とチャットを飛ばし、彼のリアルタイムでの動向を推察しながら駅のホームで目を凝らす毎日。帰宅ラッシュで混雑する時間帯。彼が乗っているのに見過ごしたこともあるかもしれないが、電車が来るたびに間違い探しをするかのように集中してじっと探しつづける。ただ、同じ駅で毎日のように、1時間も電車を見送っていては怪しすぎる。そこで、5本見てもいなければ1駅だけ乗って、次の駅でまた4本ほど待つことを繰り返した。そうしてほとんど毎日ナツメのおっさんを見つけては乗り込み、近くでぼうっとするフリをしながら、そのときを待った。断頭台に登った彼の首が、切り落とされるときを。

いつも車内にはサラリーマンのほかに、部活帰りの女子高生も多数乗車していた。帰宅ラッシュの時間帯ということもあり、僕やナツメのおっさんが乗るころには、席は埋まりきっている。途中で降りる人もほぼいないため、100％と言っていいほど座れない。その調子で〝車内の条件〟が整った後、1ヶ所だけ大きなカーブがある。吊り革を持っていないと思わずよろけるほどで、僕は読書の妨げになるからいつもその瞬間が嫌いだった。しかし、彼が手を出すならそこしかないはずだ。そして待ちわびていた瞬間は、ついに訪れた。

僕はいつものように電車のドア前にあるスペースに身を置き、車内のほうを向いていた。そして目の前には一人のうつむいているサラリーマン。その後ろには小柄な女子高生が立っており、その隣にナツメのおっさんがいた。席に座った全員がスマホに夢中で、女子高生とおっさんの距離はほんのわずか。これまでにない、完璧な配置だ。当然向こうは窓際でぼうっとしている20代中盤の僕が、〝コウスケ〟だとは知る由もない。普通の人間は電車にいるサラリーマンの顔なんていちいち把握しない。だから彼が僕をよく見る奴だと思っているかどうかも怪しかった。心から哀れな男である。徐々に電車がカーブに近づく。半年近く奴のことを考え、密に接していた僕の脳は、今日がその日だと言っていた。僕はニヤけて口角が上がらないように必死だった。

駄目だ。まだ笑うな……こらえるんだ……。

そして電車がガクンと大きく傾き、乗客たちが一斉に揺れたその刹那。女子高生の顔が歪んだのが見えた。すぐさま目線を落とすと、ナツメのおっさんの手が動いているように見えた。

次の駅に着いた瞬間、僕は怯える表情をした女子高生の隣へじっと寄り、スマホの画面を見せた。

(今、隣の男に痴漢されましたか？　もしそうなら頷いてください)

彼女は静かに頷いた。そして僕は素早く文字を打ち込み、目の前の席に座っていた、おそろいの練習着を着た屈強な短髪の男性二人組に画面を見せた。

(この女子高生の隣で立っている中年の男性が痴漢しました。次の駅に着いたら、取り押さえるのを手伝ってくれませんか？　可能な場合は頷いてください)

二人は急な出来事に戸惑ったような表情を見せたが、顔を見合わせて目だけで会話し、僕のほうを見て頷いた。

もちろん僕の行為は、ナツメのおっさんの視界にも入っていた。異常事態だと察したのだろう。

僕は窓越しに反射した、明らかに動揺している彼の顔を逃すまいとじっと見つめた。

これから起こることを直感的に確信はしているが、もしかしたら違うかもしれないと祈る。そんな表情だった。

そして電車はスピードを緩めはじめた。目の前の二人組は床に置いていた荷物を持ち、浅く座り直す。電車が止まる直前、彼らは二言ほど耳打ちで会話をした。車内に到着のアナウンスが鳴り、ドアが開こうとしたそのとき。二人組の一人が立ち上がって叫んだ。

「この人痴漢です！　すみません！　通してください！」

その声と同時に、もう一人がナツメのおっさんの腕をガッシリとつかみ、ホームへと引っ張る。

僕は女子高生に声をかけ、一緒にそのまま電車から降りた。

騒然とする車内を去り、彼らとともに駅員室へ行き事情を話す。声と話し方でコウスケだとバレないよう、いつもより声高に、そしてゆっくりと話した。ナツメのおっさんは最初こそ抵抗を見せていたものの、大人数に囲まれ尋問されていくうちに、徐々に否定が弱まり押されていく様子が見てとれた。

僕は彼を知っている。これまで何も成し遂げたことがなく、根暗で、気の弱いタイプ。

焦りを通り越して、段々と絶望へと変わっていく表情は本当にたまらなかった。無論、僕は彼が実際に触ったかどうかを見たわけではない。しかし、目撃を証言する者がいて、さらに触られたと言う被害者がいる。そこから無罪を立証することはほぼ不可能だ。

その後、僕はパトカーに乗せられて連行されるナツメのおっさんを見送った。その瞬間の彼の表情は、言葉には表現できないほどの絶景だった。この半年間の努力が報われた瞬間だ。

その後おっさんに何度か連絡するも、いっさい返信がなくなり、頻繁に動きがあったＳＮＳも更新が途絶えた。家庭と仕事。彼は何もない凡人として生きるなかで、唯一積み上げてきたものを失ったに違いない。計画を達成した僕はコウスケのＳＮＳと、ドラファンのアカウントを削除した。

きっとここまでの一連の流れを誰かに説明しても、誰もがそんな上手いことといくわけがないと思うだろう。だから、良いのだ。だからこそ、僕の犯行はバレない。客観的に見て、そんな偶然があるのか？と大多数の人間が思わず疑ってしまう。それこそが、誰にもバレない美しい殺人に必要な条件なのだ。この世に１００％完璧なものは存在しない。ゆえに、自分の気付けない何かの偶然で、完璧だと思っていた計画が破壊されることもあるだろう。しかし、その偶然が重なることに究極まで執着することで、他人から見てもバレないという美しさが生まれるのだ。今回の計画が仮に失敗したとき。事実としてはゲームをして雑談をしていただけで終わるのだから。

しかし、やはり人間はどこまでいっても満足しない。僕はナツメのおっさんを社会的に抹殺したが、彼が本当にこの世から消え去ったわけではない。ああ、やはり精神的な死は、物理的な死に比べると快楽が弱い。あの心地よい余韻までは残らない。

じゃあどうするか？　答えは簡単だ。また殺そう。僕の完璧な殺人計画により、生命が息絶える瞬間を見届けよう。相手を研究し尽くして、コントロールし、一切の証拠を残さない。今度は地震なんかの天災には頼らず、僕だけの力で、物理的に殺す。

それが実現したのは、10年後のことだった。

＊

羽鳥宗吾。

彼は僕の計画で犠牲になった。今回の計画の発端となったのは、僕の人生を変えてくれた小説家botの小説コンテストだ。ほとんど娯楽と化して動きのなかったあのコンテストに、彼は匿名で1編の短編小説を送りつけてきた。これまで数は少ないものの、定期的に応募をする小説家の卵たちはちらほらと存在していた。ただ、そのどれもが特に才能を感じない凡人ばかりだ。しかし、羽鳥は違った。彼がDMを送ってきたアカウントを見て僕は驚愕した。奴は恐ろしいほどに、僕のファンだったのだ。アカウントの発信を遡ると、僕が過去に編集を担当した小説はもちろん、僕が過去に取材を受けた際に面白いと言った本すべての書評をていねいに綴っていた。さらには、僕の担当作品の出版記念イベントにも、どれだけ遠方であっても足を運んでいた。作家にファンがつくのは理解できるが、編集者に対してというのは聞いたことがない。このときはさすがに興味深さよりも、得体の知れぬ怖さが勝った。

しかし彼の過去の発信を見ていると、もう一つのことが目に留まった。

時折、自分の心を整理するかのように書き殴られていた「消えてなくなりたい」「もう死にたい」といった強い希死念慮である。随分前の投稿にはなるが、双極性障害と診断されましたという一言とともに、診断書の写真も見られた。

そして、そのとき彼が送ってきた小説は、僕の殺しにはまったく関係のない短編小説だった。今でもどんな話か思い出せない。出来は悪くはないけど特段良くもない。小規模の新人賞で、最終選考まで残れば御の字レベルの内容。ただ、その退屈な物語を読んでいるうちに徐々にピースが繋がる感じがした。そして、一つのシナリオが思い浮かんだ。

僕は「ほかの物語も読んでみたいので、完成した際はまた見せてください」と彼にメッセージを送った。

正直、この時点ではざっくりしたシナリオが思い浮かんでいただけで、羽鳥を殺せるとは期待していなかった。当然、彼が新人の僕に突然持ち込みをしてきた、あの大学生であることも知らなかった。

そうした経緯で届いたのが、例の原稿だった。その中身はDMで送ってきた短編集とは打って変わって、僕への殺害予告ときた。しかも奴は、それをわざわざ会社の僕宛てに送りつけてきた。外部の人間にもかかわらず、立花が小説家ｂｏｔであることを見抜いていますよと言わんばかりに。読み終えたとき、思わず言葉を失った。全身の血が沸騰するかと思うほど、激しく興奮した。奴はとんでもない愚行を犯した。神に選ばれたこの僕を「殺す」と宣言してきたのだ。そして僕は決めた。

　こいつを殺そう。それも究極なまでに美しい完全犯罪で。

＊

　原稿を手にしながら思考にふけっていた僕を見て、隣にいた小野寺がどうしたのかと声をかけてきた。せっかくだ。これまでみたいに、僕一人でこの物語を楽しんでも面白くない。もっと刺激が欲しい。そう思った。隣で僕を気遣うこのお気楽な新人に、僕の作る物語がどれだけすばらしいかを見せてやろう。そう思い、彼女に原稿を手渡して感想を聞いた。返ってきた凡庸な回答には、愚かさを感じずにはいられなかった。きっと彼女も、ナツメのおっさんと同じように、人生に大きな起伏が起きることなく寿命がきたら死んでいく、その他大勢の人間なのだ。

　ただ、無垢で反応も大きいこの人間は、物語を見届ける観客としては適任ではないか。そして僕は、本当に自分に脅威が迫っているかのように彼女に考察を伝えた。久しぶりに新しい計画に巡り合ったことと、文芸部時代の感覚が戻ってくる感じが、心地よかった。

　しかし、万が一、羽鳥が本当に僕を殺そうとしてくるものなら厄介である。そこで新たにスマホを契約して配信生活をすることにした。奴は僕の過去のほぼすべての発言と発信を追っている。であれば、小説を見てもらいたい。どうしても会いたい。そして絶対に僕の編集で本を世に送り出したい。突然のチャンスを絶対に取りこぼすまいとして、ああいった内容を送ってきていたに違いない。ただ、文章だけを見ると僕は心のどこかで、本当に奴が殺しにくるかもしれないと感じた。

それなら受けて立とうと思ったが、もしも僕が死んだらもう新しい小説を読めないことや、息子が大人になる姿を見届けることができないのは心残りである。

そして自分が殺されるのを回避するよりも、完璧な計画で奴を殺すほうが、比べ物にならないほどに面白い。奴を完全にコントロールし、いっさいの証拠を残さずに殺す。そのうえで目の前で死にゆく瞬間を見届ける。そんな、見惚れるほどに美しい殺人。僕はこれが達成できれば、正直なところもう捕まってもいいと思った。

どのように殺すか。さまざまなパターンをシミュレーションする。しかし、僕の集大成を飾る完全犯罪のトリックは、意外にも身近なところから見つかった。

*

オフィス1階のカフェで初めて奴と対面した。

持ち込みをしてきたときにはなかった顔の火傷跡を見てゾッとしたと同時に、恵まれない奴はとことん恵まれないのだと思った。明らかに緊張している小野寺を横目に、僕は茶番を繰り広げる。その後、羽鳥は涙を流しながら、これまでの人生を語った。本が好きなこと、両親がいないこと、施設に入って育ったこと。彼の話したことは、僕と被っていることもあった。そしてそのすべてがきっと事実であろう。しかし、僕は小野寺に「奴の話を信じるな」と伝えた。小野寺が彼の話を信じ切ってしまっては、僕が殺害した際、明らかな不審死になってしまう。自分のファンを殺す理由は、小野寺には理解できないだろう。

彼女の目には、羽鳥が本当に僕を殺そうとしている姿を映してもらう必要がある。

そこからおよそ2ヶ月。僕は羽鳥をジムに誘い、一緒に汗を流した後は銭湯に行き、その後は小説の打ち合わせをするというルーティンを送った。ナツメのおっさんのときの経験もあり、お互いの気を許すまでにかかる時間は2ヶ月がベストだと学んでいた。

そして迎えた日曜日。

ミサ本の順調な予約数と、リビングで平和そうにドレスアップしていた真由を見届けたあの日。

僕は羽鳥を殺した。

今思い返しても、すべてが僕の計画通りに進んだ完璧な一日だった。

＊

午前8時半。僕は家を出て会社の方面に向かう。

小説家という仕事は、どうしても不健康になりやすい。自宅で座りっぱなしで、忙しい時期にはエナジードリンク1本しか摂らない人もいるほど、とにかく不摂生になりがちだ。その環境で運動する習慣は付けにくいし、年齢を重ねていくとより顕著となる。長期的に活動したいなら、筋トレの趣味をもつと良い。僕はそう諭して、彼をジムに誘った。僕の大ファンである彼がノーと言うはずがなかった。

我々が通っているジムは、羽鳥が来やすいように彼の自宅から徒歩圏内の場所にある。著者を僕の近所に来させるのは失礼だからという名目だ。僕が元々通っていた大手チェーンジムの系列だったこともあり、羽鳥の入会もスムーズに済んだ。この日僕はいつもより軽めにトレーニングをこなし、彼には僕の作ったメニューでいつもよりハードめに追い込んでもらった。僕はこれまで鍛えてこなかった彼に、おすすめの筋トレの方法や、体を大きくするための食事、効率的なプロテインの摂取方法などを教えた。

時刻は11時20分。

ジムを出た僕たちは、徒歩圏内の銭湯に向かいながら、いつものように雑談をした。汗を流して着替え終わった後、僕は彼に話す。

「そういえば羽鳥さん、普段どんな環境で執筆されているんですか？　もしよければ一度執筆の現場を拝見したいなと。お節介かも知れませんが、多くの作家さんのご自宅に伺ってきたので、効率的に書けるような環境のアドバイスもできると思います。よければ今日の打ち合わせはそちらでやりませんか？」

「え！　いいんですか？　ありがとうございます。立花さんがよければ、ぜひうちでやりましょう」

予測通りの回答だった。ただ、来客を想定していなかったので30分後に来てほしいと言われ、住所を聞いた。僕は休憩スペースで座りながら、自宅住所の周辺をマップで確認したり、これからの行動をシミュレーションしたりしながら過ごした。そして銭湯を後にし、8分ほど歩いてたどり着いたそこは、いかにも独身の中年男性が住んでいそうなボロアパートだった。ギシギシと軋む階段を上がりながら、僕は2階の一番角の部屋のインターホンを押す。ガチャッという音とともに、羽鳥は僕を出迎えてくれた。部屋の中は、ボロボロの外観とは裏腹にきれいに片付けられていた。6畳一間で角部屋だからか、すりガラスの窓が2面あり、日当たりも悪くなさそうだ。部屋の角には、彼が執筆活動を行っているであろう、木製の質素な机。それに似つかわしい、黒と白のゲーミングチェアが置いてあった。そしてしばらく雑談をした後、彼はトイレに行くと言った。彼の姿が消えたその瞬間、僕はポケットから盗聴器発見器を取り出し、手を伸ばしながらグルッと回って部屋中にかざした。ネットで、５０００円程度で購入したそれは細型のリモコンのような形状で、盗聴器が発する電波に反応してその有無を教えてくれる優れもの。この狭い部屋であれば、10秒もあれば判断できる。奴が自分を殺すのではないかという、わずか１％程度の可能性を潰すための手段だった。

奴がいるトイレの近くまで探ったが反応はない。僕は急いで発見器をポケットにしまった。

数分後、羽鳥が戻ってきた。僕は仕事の話を始める。玄関のドアと窓にも鍵がかかっていることと、そして外からは何も見えないことを再度確認した僕は、彼に小声で創作のコツと称して言った。

「羽鳥さん、執筆環境の話の前に一ついいですか？　ちょっと変な提案に聞こえるかもしれませんが、一度遺書を書いてみましょうか。今回のストーリーで主人公が冒頭で遺書を書くところがありますね。あそこに深みを出すために、まずは自分で実践してみるといいですよ。主人公のことは一度忘れて、『もし自分が自殺するなら』と考えて、書いてみてください。どんな気持ちになるのか。ペンはスラスラ動くのか。文章量はどれくらいになるのか。一手間をかけるだけで、これまで見えてこなかった世界が見え、よりリアリティのある描写がイメージできると思います」

僕の発したよどみないセリフに、奴は何の疑いもなしに従った。小説のストーリーは、僕がいくつかアドバイスを加え、「自殺願望のある主人公が、せっかく死ぬなら完全犯罪で自分を殺してくれる人を作り出そうとする話」というものに仕上げていた。それもすべて、この瞬間のため。頭彼を完璧な自殺に見せかけるには、パソコンで書いたものではなく直筆の遺書がほしかった。頭を悩ませながら机に向かう羽鳥を、僕はそっと見守った。そして20分ほどしたころ、彼は顔を上げ、さっとペンを走らせた。

苦労したけど、いい人生でした。

ありがとうございました。羽鳥宗吾

いろいろな言葉が頭に浮かんだけど、結局は2行でシンプルなものに落ち着きましたと彼は言った。そして伸びをする羽鳥を見て、一度休憩しましょうかと言った。今日はジムと風呂に行ったものの、二人ともまだプロテインは摂取できていない。本来、トレーニングが終わってすぐ飲むのが最適とされているが、僕が最高に旨いプロテインを見つけたから今日は我慢してと彼に言ったためだ。僕がリュックからプロテインの袋を取り出した。

「羽鳥さん、シェイカーとお水貸してもらえますか？」

彼から手渡されたプラスチック製のそれに、粉を2杯入れた。そこにポットで水を注ぎ、30秒ほどかけてじっくりとシェイクした。

「ちょっと粉っぽいかもしれませんが、一気にグイッといっちゃってください」

フタを開けてシェイカーを手渡し、僕は羽鳥をじっと見つめる。うれしそうな顔で受け取った彼は、まるでワインを飲むかのように2回ほどクルクルと回し口へと近づけた。そしてたったの10秒ほどで飲み干した。彼の喉仏が何度も上下しながら〝それ〟を胃へと送り込むのを見ていると、興奮して心拍数が上がる。

シェイカーは空になり、おいしかったですと彼は言った。予想通り、すぐにシェイカーを洗おうとした彼を制し、僕は彼に執筆を促した。

机に戻った彼を、僕は狭いキッチンから眺めた。スマホを触り、時間を潰すフリをしながら、そのときが来るのを待つ。1分半が経過したころ、窓に近づき、カーテンを閉めた。

「部屋を暗くするほうが作業が捗りますよ」

遺書の横で黙々と作業をする彼を、パソコンの明かりと蛍光灯が照らした。

「僕もここでちょっと作業するので、何かあったら言ってくださいね」

そう声をかけ、キッチンへ移動し、スマホを触るフリをしながら彼を見つめる。彼にバレないよう、ゆっくりとポケットから軍手を取り出し両手にはめる。そこから5分が経過。徐々に羽鳥の呼吸が荒くなりはじめた。僕はキッチンから声をかけたが、彼はフラフラするが大丈夫だと答えた。そこからさらに5分後、羽鳥は嘔吐しそうだと立ち上がろうとした。僕は急いで彼に近づき、机の上で開いていたパソコンを閉じ、彼の口を右手で塞いでそのまま座らせた。万が一叫んだり、嘔吐したり、椅子ごと倒れて大きな音が出たりしないよう、苦しみ暴れる彼の口をそっと上に向け、跡がつかないように優しく押さえた。そして、椅子の高い背もたれを足で挟むようにして固定する。その体勢のまま、首だけを彼の後ろからぐるっと回り込むようにさせて、羽鳥の顔をじっと観察し続けた。彼の顔面は、血が皮膚を突き破ってあふれ出しそうなほど、赤くパンパンに染まっていった。そしてもがきながら、徐々にピクピクと痙攣しはじめ、異常事態を察したのか机の上のペンに手を伸ばそうとした。僕は空いていた左手で、彼が届かない机の端にペンを移動させる。釣り上げられた魚のように、必死にビクビクと動き、呼吸がさらに荒くなる羽鳥を押さえて、およそ15分が経過した。ついに僕の望んでいた瞬間がやってきた。

激しく振動する彼の目は充血し、金魚のように口をパクパクさせている感覚がより一層伝わってくる。僕の手のひらは、軍手越しにでも彼の荒い呼気で濡れていた。この世の人間の顔とは思えないほどに必死な形相。小説や、これまでに犯した殺人では見られなかった、人の命が消える瞬間の表情。絶景というありふれた一言で言い表せない、たった一瞬だけ見ることができる、絶対に足を踏み入れてはいけない領域の景色だった。それを十分に堪能したところで、彼はピタリと動かなくなった。

僕は羽鳥が硬くなる前に、音を立てないよう静かに床に下ろした。羽鳥は50キロほど体重があったが、案外すんなりと移動させることができた。筋トレをしていて良かったと思う。動かなくなった彼を急いで玄関から見えないよう配置し、自然な体勢になるように仰向けに寝かせた。軍手を外し、リュックに入れていたゴミ袋にそっと入れる。空になったプロテインの袋も一緒に入れた。

僕は新しくゴム手袋を取り出してはめた。そしてリュックから陶器でできたすり鉢とすりこぎ、空になった薬のボトルを取り出す。それを羽鳥の手で何度か握らせた後、机の上に置いた。その後、僕が先ほど素手で触れた、まだ洗っていないシェイカーの外側とフタ、そして水の入ったポットの外側を一度きれいにアルコールティッシュで拭き取り、それも羽鳥の手を開いて自然な感じになるよう何度か握らせた。それらを机の上に置き、遺書を机の真ん中あたりに戻す。

〝売れない小説家が自ら命を絶った部屋〟のでき上がりだ。

そして僕は、ここから完全犯罪にするための最後の仕上げに入った。

＊

これまでミステリー小説を読んだり、実際の凶悪事件を調べてきたりしたなかで、最も疑問視せざるを得ない殺害方法。それが毒殺であった。

青酸カリ、アコニチン、テトロドトキシン、ヒ素、サリン、パラコート、ＶＸ、覚醒剤、筋弛緩剤……。挙げればキリがないが、発覚している事件の大多数は、入手経路が限られている劇薬を用いたことで犯人の特定に繋がっている。それもそのはずで、危険な薬物の販売業者は購入者の氏名や住所、目的などを記録する義務があるからだ。しかし、逆に誰でも手に入る身近なものを使うことで中毒死させている事例も時々あった。例えば風邪薬に含まれるアセトアミノフェンや、ウイスキーに代表される高濃度のアルコールなどだ。さらに身近なものでいえば、醤油や胡椒、さくらんぼの種やナツメグなど普段から口にするようなものでも一定の量を超えると人は死に至る。ただ、これらを使った殺害方法にも当然穴があり、それは大きくは二つに分類される。

まず一つは、被害者に自然に摂取させることが不可能だという点。

醤油はおよそ１リットル、胡椒は小さじ１３０杯以上など、通常では考えられない量が必要になる。どんな料理を作ろうが、これを短時間で相手の体内に入れさせることは極めて難しい。自殺に見せかけたとしても、もっと楽な死に方があるのになぜそんなことをしたのかという疑問も残る。また、致死量が少ないものは、独特の風味があることで、短時間に一気に摂取させることが困難だ。

二つ目は、効果が出るまでに時間がかかることだ。

仮になんとか飲ませたとしても、急性アルコール中毒でもおよそ2時間。アセトアミノフェンは、経口摂取の場合、確実に中毒死に追い込むにはおよそ25グラムが必要。国内で入手できる薬であれば、90錠弱を飲ませなければならない。仮にすべて飲んだとしても、猛烈な吐き気に襲われて、せっかく飲ませたものを吐かれるリスクもある。そして摂取させられたとしても、死に至るまでは平均して4、5日必要となる。

規制なく誰でも購入できて、自然に致死量を摂取することができ、短い時間で死に至る。そんな理想の条件を満たした、魔法のような薬。

それこそが、僕が今回の凶器に選んだ〝カフェイン〟だった。

緑茶やコーヒー、エナジードリンクから得られるうえ、その致死量はわずか10グラム。2グラムで、ほとんどの人間に中毒症状が出て、5グラムで重篤な副作用が発生する。錠剤となって販売されていることもあり、10グラムの致死量分を用意することは決して難しくない。ただ、錠剤をそのまま飲ませることは困難なので、粉末状に砕いたうえで、それを一気に摂取させる必要があった。

その最もシンプルな手段こそが、プロテインだった。カフェイン10グラム分を溶かすのに必要な水は460ミリリットル。プロテインのシェイカーは500ミリリットルの容量がスタンダードであり、カフェインのみを入れればすべてを溶かしきれる。摂取してからおよそ30〜45分後には、脳を含めた全身に過剰な量のカフェインが行き渡る。血中濃度が最大化し、急性カフェイン中毒によって死に至る。僕の目の前で死んだ男は、わずか10秒で致死量のカフェインを飲み干し、醜さと美しさを共存させながら、静かにこの世から消えた。

ただ、このままでは直前まで一緒にいた僕に容疑がかかることになる。僕は羽鳥のスマホをジップロックに入れ、リュックにそっとしまった。そして彼がキッチンに無造作に置いていた家の鍵を手に取る。電気を消し、なるべく音を立てないよう靴を履いた。扉は最低限の角度で開けて、素早く閉めて鍵をかける。そのまま僕は羽鳥と最初に会ったカフェへと向かった。

＊

カフェに着いてアイスコーヒーを注文し、読みかけの小説をリュックから取り出す。30分ほど経ったタイミングで、僕はテーブルに本を置き、リュックを持ってトイレに向かった。個室に入り、新しい手袋をはめる。今度はゴム手袋ではなく、薄手のポリエチレン製の手袋だ。そして静かにジップロックを取り出し、羽鳥のスマホを開く。羽鳥がスマホにロックをかけていないことは、銭湯の脱衣所でこっそり覗いたときに確認済みだ。ＬＩＮＥを開くと、すぐに僕の名前が目に入る。友達リストには、驚くことに僕の連絡先しか登録されていなかった。この年になるまでの長い孤独は、さぞつらかっただろう。彼をラクにしてあげて、むしろ僕は良いことをしたのではないか。

僕は「立花さん」と書かれた自分とのトーク画面を開き、「今日はありがとうございました。また来月打ち合わせよろしくお願いします」と送信した。そして自分のスマホですぐに「こちらこそありがとうございました。また来月よろしくお願いします。執筆頑張りましょう！」と返信した。その後、スマホをジップロックに入れ直してリュックに戻す。手袋もカバンの中のゴミ袋へと突っ込み、席へ戻った。

そしてカフェへ入店してから3時間半が経ったころ、じっと本を読んで途中で何度かトイレに立った僕は、退店する前にもう一度トイレへと行った。そして自分のスマホを取り出し、「すみません。家の鍵がなくて、羽鳥さんの部屋に忘れたかもしれないんですけど、そちらにありませんか？」とＬＩＮＥを送った。10分ほどしてから同じ手順で羽鳥のスマホを取り出し、「ありました！」と返信する。ついでに左のポケットにゴム手袋を一つだけ入れた。そのままカフェを出て、羽鳥のスマホへ「今から向かいます」と返信した。

ぎしりと軋むアパートの階段を上がり、2階の一番奥の部屋へと向かう。右のポケットから鍵を出し、静かに開錠して部屋へと入る。すぐさま、左ポケットに入れておいたゴム手袋をはめ、その手で鍵をかける。我ながらスムーズな動作だと思った。そして真っ暗な部屋に電気をつけると、家を出たときに見たその景色のまま、横たわる羽鳥の姿が見えた。近づき、死体をじっと眺める。玄関から見たときは、一見寝ているかのようだった。しかし、近くで見ると、呼吸をしていない。顔の皮膚には、死斑と呼ばれる紫と赤の混じったような斑点が広がっていた。

僕はリュックから羽鳥のスマホを取り出し、「気をつけて帰ってください」と自分宛に返信した。誰が見ても、この時間帯には羽鳥が生きていたと思うに違いない。そして鍵を一度アルコールで拭き取り、彼の手で軽く握らせた後、元あった場所へ戻した。

そして暖房を23度に設定し、僕は手袋をまたリュックの中のゴミ袋へ入れる。いくら初冬とはいえ、2週間もすれば腐敗が進み、強烈な異臭を放つことになる。においで不審に思った近隣住人に見つけてもらうのが、この計画において一番きれいな発見方法だ。最後に部屋の電気を消した。

死体のある真っ暗な部屋に向かい、「今日はありがとうございました。おやすみなさい」と挨拶をし、そっと扉を閉めた。

＊

証拠になった手袋やプロテインの空の袋は、犯行の日にすべて自宅のゴミと混ぜて処分した。そして羽鳥が死んでからちょうど3週間後。警察がやってきて、羽鳥に何か変わった様子がなかったかと尋ねてきたが、僕は事前に用意していた回答を、まるで羽鳥の死亡を今知ったかのように動揺した様子で話した。

それから1週間が経った。

奴との出会いから、今日に至るまで。どのシーンを思い返しても、今回の計画はあまりにも完璧だった。僕がこれまでに犯したなかで、最も美しい殺人。恐ろしいほどにすべてが順調に進み、どこにも穴なんてなかった。僕が羽鳥を殺したことが、誰かに知られるわけがなかった。心から、そう信じていた。これを見るまでは。

僕宛てに再び届いた、差出人不明の原稿。

そこには、僕が羽鳥に致死量のカフェインをプロテインと偽って飲ませたこと。

羽鳥が書いた遺書の内容。

僕が一度カフェに向かい、再び部屋に戻ったこと。

その〝すべて〟が記されていた。

あり得ない。なぜバレた。

こいつは一体何者だ。

# 第五章
# 人は死神を殺せるか

# 第四章

今から1ヶ月前。
僕はある人物に、プロテインと偽り致死量のカフェインを飲まされ、殺されました。
その日は彼と一緒にジムに行き、銭湯で体を癒やしました。
その後、彼は僕の家に来ました。

僕は遺書を書きました。

「苦労したけど、いい人生でした。
ありがとうございました。羽鳥宗吾」

これが僕の最期の言葉でした。
彼は僕を殺してから、アリバイを作るためにカフェに行きました。

そして3時間半ほど経つと、僕の部屋に戻ってきて、またすぐに出て行きました。
なぜ、僕は殺されなければならなかったのでしょうか。
神様、どうかお願いです。
犯人は分かっています。
この手紙を、その犯人のもとへと届けてください。

頭が追いつかなかった。
なぜだ。どう考えても完璧だった。
どこでバレた？
僕の犯行は誰にも見られていなかったはず。自殺に見せかけ、アリバイも作った。
カフェイン、プロテイン、遺書の内容、そしてあの日の僕の過ごし方の一部始終。
なぜこいつはすべてを知っている。
まるであの日、僕が実行することを知っていたかのように。
警察ならこんなことをするはずがない。
これだけ証拠を押さえていたら、もう僕は捕まっているはず。
それにこの無機質な封筒に、「東京中央」の消印。
第四章という一行。わざわざ例の原稿に似せて送ってくる理由もわからない。

そして僕は思い当たる。

僕と羽鳥以外でこの原稿のことを知っている存在。それは小野寺しかいないことに。

＊

僕は自分の記憶を探り、もう一度計画に穴がなかったかを確認する。しかし、どう考えても完璧だった。自己防衛のために持っていた配信用スマホは、あの日は必要なかったから電源を切って自宅に置いていた。羽鳥を殺す決行日なのと、もう警戒する必要はなく無駄な持ち物だと思ったからだ。盗聴器発見器ですら、正直やりすぎだと思っていたくらいなのに。

……つまり、配信から漏れたわけではない。一体どこから漏れた？　あの日の出来事を誰かに見られたのか？　考えれば考えるほど分からなかったが、一旦可能性を整理してみることにした。

まず、羽鳥から送られた原稿の存在を知っているのは、僕と小野寺だけ。羽鳥の死を知っているのも、僕と小野寺。彼女は警察が僕を訪ねてきたのと同じ日に、事情聴取を受けたと言っていた。慌てながら僕に報告してきた。あの様子は、どう見ても演技には見えなかった。ただ、演技に見えない理由。それは〝最初から演技〟だったから？

入社当初から計画し、僕に〝できない社員〟のフリをし続けて油断させた。そして僕は羽鳥を殺害。完全犯罪を成し遂げたと思っている僕を追い込み、楽しんでいる？　いや、あり得ない。そんなことができるわけがない。あの日のことは何度思い返しても、どこにも漏れがなく本当に完璧だった。でもそれは、すべて誰かに仕組まれていたから？　気付かぬうちに、もっと精巧に練られた誰かの計画の上で僕はただただ踊らされていたのか？

警察に捕まる怖さは、微塵もなかった。ただ、僕の中で絶対的な自信があった殺人計画を正体不明の誰かに見破られたことで、へし折られたプライドと、僕に喧嘩を売りつけてきた真犯人にたどり着きたいという、これまでに感じたことのないほどに熱い感情が湧き上がってきた。僕はまだ、堕ちていない。負けてもいない。絶対に追い詰めてやる。

＊

深呼吸し、脳に冷静さを取り戻す。

徐々に自分の置かれた状況を飲み込みつつあった。僕は自分の計画が完璧だったという思い込みを捨て、原稿の送り主と、なぜ送ってきたかのストーリーを客観的に炙り出していく。しばらく思考を凝らしたところ、ピンという感覚が脳に走った。

やはり、小野寺優香が怪しい。繰り返すが、僕以外で原稿の存在、そして羽鳥の死を知っているのは彼女だけ。99％は彼女で間違いないと思っている。僕は今回、羽鳥を完璧なプランで殺すということしか頭になかった。美しい計画に抜けがないと信じ込み、僕が楽しむために観客として彼女を利用した。ただ、それが彼女の狙い通りだったのだ。思い返せば、いくつか気になる点が思い当たる。まず、羽鳥から送られてきた原稿の第一章に、僕が左遷されたことを示す一節があった。

だが、いつからか彼の名前を耳にすることはなくなった。聞いたところによると、ある一件から文芸編集の仕事を奪われ、別人のように変わり果ててしまったのだという。

僕は、例の盗作問題は伏せられた状態で、今の部署に異動している。つまり、この背景を知らなければ、この一節に対して疑問に感じて質問してくるのではないか。しかし、彼女にそれはなかった。もちろん、新入社員だから僕の過去を知らなかったり、殺害予告に気を取られたりして読み飛ばした可能性も考えられる。しかし、何かが引っかかる。

そもそも、僕が羽鳥の原稿を読んで立ち尽くしていたとき、声をかけてきたのは彼女からだった。なぜだ。なぜ気付かなかった。

そんなこと、これまで一度もなかったじゃないか。

それに第二章を読んだ際、彼女の推理は妙に冴えていた。僕は目の前の原稿の存在、そしてこれからどのプランで殺すかを考えることで頭がいっぱいだった。隣にいた小野寺はノーマーク、短期間で成長したな程度にしか思わなかった。カフェで初めて羽鳥に会った際の彼女の様子。そのときの解釈も変わってくる。過剰なまでに緊張した様子だった。僕をチラチラ横目で見てきたこと。そのどれもが僕を騙すための演技であり、羽鳥を殺そうと企む僕を見て嘲笑っていたのか。そして当の本人は、体調不良を理由に今日会社に来ていない。

彼女は僕の計画をすべて予測していた。そして今もなお、僕は彼女に操られている一匹の鴨。僕はもう既に、見えない断頭台に登らされているのだろうか。無論こんなことは信じたくはない。しかし、これまでのすべての情報を知っているのは彼女だけ。ただ、だからこそどう考えてもおかしいのだ。そのことは彼女も承知なはず。あえて私が送りつけましたと言わんばかりに、わざわざ原稿を送って警告してくる理由はなんだ？　僕の犯行を見破ったことへの優越感？　純粋な快楽？　また厄介なのが、あくまでこれらはすべて仮説で、小野寺が真犯人だという決定的な証拠がいっさい見当たらないことだ。それに、彼女は僕の思考や計画をすべて把握した状態。こちらは完全に後手に回っている。この状態から僕は勝てるのか？

＊

金曜日特有の賑やかな街並みを横目に、その日は帰宅した。１ヶ月ぶりに配信用スマホの電源を入れる。僕の命が本当に狙われているのではないかと危惧したからだ。これを購入したときは、妙に浮かれていたように思う。殺害予告を受けた被害者というよりも、突如ミステリー作品の主人公になった気分だった。今思えば滑稽であるが……。

真犯人がまだ小野寺と決まったわけではないが、今度こそ配信生活が僕の身を守る大きな味方になると思った。僕を陰で操り、原稿を送りつけ、嘲笑っている〝フィクサー〟がいる。僕はそいつを「F」と呼ぶことにした。

Fの目的は不明だ。しかし、羽鳥の遺書の内容やカフェインを摂取させた事実を知っていることから、Fが実際にあの部屋を訪れたことは間違いない。それも、僕が羽鳥の家に出入りしたところはおろか、その日一日の僕の行動すべてを監視していた可能性が高い。この点で怪しいのは、僕と息子が歩く写真を撮影した、羽鳥の雇った探偵。彼の仕業という可能性もあるが、それなら羽鳥が殺害されることを止めない理由がわからない。僕がいつ犯行に及ぶのか、そこまでは想定していなかったということか？　ただ、そう考えたとしても、Fの目的が僕の逮捕なのであれば、あえて原稿を送ってくることが腑に落ちない。ここまで用意周到な奴だ。きっと犯行時刻に僕が家に出入りした様子、犯行現場の様子も写真に収めているに違いない。それらの証拠とともに警察に行けば終了だ。いや、違う。僕は自分に疑いの目が向けられたときのために、アリバイを作っていた。Fはそこまで把握していたのか？　おそらくそうだろう。Fは遺書の内容も一言一句、把握していた。あれは実際に足を運ばないと知り得ない事実。そうなれば、現場に行ったＦは遺書だけでなく、羽鳥の死体と、奴のスマホも見ることができたはずだ。僕とのＬＩＮＥを見れば、僕がアリバイを作ろうとしていたことは一瞬で分かる。つまり、僕がカフェで時間を潰した後に羽鳥の部屋に向かい、彼のスマホと鍵を戻したとき。僕が最後に、死体しかない部屋に向かって声をかけた後。どこかでそれを観察していたＦが、僕の姿が見えなくなった直後にあの部屋に行った。すると、羽鳥は死んでいた。死斑が広がり、硬直が始まっていたことで、ついさっき死んだわけではないと気付いた。

いや、待て。何かがおかしい。もしＦが羽鳥が死んでいることを見てすぐにでも通報すれば、僕が彼を殺したことは証明できた。なぜなら死体は既に硬直しはじめていて、解剖すれば死亡推定時刻もあっさり割り出されたはず。そして僕を一日監視していたＦが、そこで警察に何枚かの写真を証拠として提出。そうすれば彼が死んだであろう時間帯で、あの家に出入りしていた僕は一発でアウトだ。そこで無罪を主張しても、僕が何時間も前に死んで硬直した羽鳥がいる部屋から、平気で出てきた理由なんてのは、どう考えても説明不可能だ。

ああ、なんということだ。僕はＦを勘違いしていた。追い詰めてやるなんて思い上がっていた。僕は気付かぬうちに断頭台に登っていた。というより、とうの昔に登らされていて、今まさに首を固定されている状態。そしてＦは既に、鋭く研がれた刃に繋がったヒモを持ち、いつでも離せると言わんばかりに僕を見ている。

「生殺与奪の権利はこちらにある。ただ普通に警察に突き出しても面白くない。最後に１回だけチャンスを与えてやる。私にたどり着いてみろ」

Fにそう語りかけられている気がした。そして奴は、僕がこう推察することさえ予測して、きっとどこかで楽しんでいる。僕はすでに何度も、奴の手のひらの上で転がされているだけなんだ。


ベッドに寝転びながら、体が鉛のように重くなっていく感覚がした。これまでの人生で、一番深い絶望に突き落とされた。僕は、死という禁忌を身勝手に操れる選ばれた人間。両親を殺したあの日から、ずっとそう信じていた。しかし、実際は違った。長年そう思い込んでいただけだったのだ。僕は、誰かの計画の上で実験台になった一匹のマウス。いつでも殺すことができるのに、気まぐれで生かされているだけなのだ。

この状況、どこかで見たことがある気がした。

ああ、そうだ。ナツメのおっさんだ。精神的な死というのは、こんな気分なのか。積み上げてきたものすべてが壊れる可能性がある恐怖感。体は健康なはずなのに、生きる気力を削がれて動けない。比較的、順風満帆だと思っていた人生。表向きでは、過去の話だが天才編集者として実績を残した。愛する妻と息子もいる。裏では、何人もの命を奪って欲求を満たしてきた。幸福と絶対的な優越感で満たされてきた人生。僕はもう、ベッドから起き上がる気力さえもてなかった。

*

「ねえ、立花さんは気付いてないと思う」

なるほど。これはすごい偶然が起こったものだと思った。

やはり立花さんと出会えて良かった。

「じゃあその日に、立花さんにサプライズで教えてあげましょう」

「どういうふうにするのがいいでしょうか」

何がいいだろうか……。あ、閃いた。

「当時の出来事がわかるものが残っていませんか？　例えば原稿とかです」

20分ほど経ったところで返信が来た。

「探したところ、ありました。彼が知らないエピソードも含め、すべてを書いた原稿です。これを本人にプレゼントしましょう」

「最高ですね。完璧だと思います」

「どんな反応するか楽しみです」

「じゃあ優香、準備よろしくね」

私の楽しみが、また一つ増えた。

＊

昼になっても起きてこない僕を見かねて、真由が声をかけに来た。

「大丈夫……？　ぷう君が公園行きたいって言っているんだけど。私行ってこようか？」

「ああ、今日は土曜日か」

大事な息子とのルーティンすら忘れていたようだ。

「何言っているの。今日は日曜日ですけど」

「えっ」

僕はスマホを見る。確かに日曜日だった。丸一日寝ていたことに気付いた。

「本当だ。寝すぎていたよ」

「何があったのか知らないけど気を付けてね」

「ありがとう」


継続しているルーティンを崩してしまうと、二度と再開できないような気がした。気分転換も兼ねて行くかと思い、のっそりと体を起こす。いつもより重く感じる体をなんとか動かし、身支度をして息子とともに家を出た。冷たい風を感じながらいつもの公園に向かう途中、ふと思い浮かんだ。

Ｆは、僕のことをどこまで知っているのだろうか。

小さな手で僕の右手をぎゅっと握り返し、うれしそうな顔でてくてくと歩く。この純粋無垢な僕の宝物も、Ｆは知っているのだろうか。きっと知っているに違いない。僕の思考もすべてを読んでいる奴だ。罪滅ぼしか罪悪感からかは分からなかったが、その日はキャッチボールをしたり、遊具で遊んだりと、いつも以上に〝普通の父親〟として過ごした。息子はきょとんとしているように見えたが、うれしそうに遊んでいた。

ああ、ごめんな。
こうして遊んでやれるのは、あと少しかもしれない。
お前に罪はない。
僕は普通の父親じゃなくてごめんよ。
でも、どうか、お願いです。
立派に育ってください。
それが僕の中での、一番の夢です。

「おかえり」
真由の声に出迎えてもらいながら帰宅した。今日はそこまで靴が汚れていなかったので、玄関に置いて一緒にお風呂に入った。湯舟に浸かり、小さなカニのおもちゃで楽しそうに遊ぶ息子を見ながら、僕はこれからどうしようかと考えた。小野寺、アリバイ、F、羽鳥、カフェイン……。いろいろな単語が頭の中をグルグルと駆け巡る。そのときだった。モヤモヤしていた脳内に、一筋の光が射した。どれだけ考えても気付けなかった盲点。そうだ、その可能性があったじゃないか。

なぜ僕は羽鳥が死んだと思い込んでいたんだ？

深く掘り下げていた思考を一旦地上へ戻す。

それをさらに上空まで引き上げるイメージで、全体像を思い浮かべていく。

俯瞰して見えてきた、これまで思いもしなかった可能性。

絶望に打ちひしがれていた僕の中に活力が戻ってきた。

あの日、僕は羽鳥の死体になるべく指紋や外傷を残さないように、犯行後にわざわざ脈を測るなどの確認はしなかった。計画は完璧だった。どう考えても死亡していると確信していたからだ。しかし呼吸が止まっていると思った彼の体は、僕が見つめている間だけ息を止めていた可能性もあるのではないか。羽鳥がカフェインを混ぜられたと、どこで察したかは分からない。ただ、奴は僕と同様にミステリー作品に造詣が深く、自殺未遂の経験もある。急性カフェイン中毒が、およそ30〜45分でピークに達するという事実を知っていた可能性はある。そして、砕いた錠剤は無味無臭ではなく、若干の苦味がある。一度でも過剰摂取をしたことがあれば、飲んだときにカフェインだと気付く可能性はあるはず。しかし、体重50キロほどの彼が、あの量を摂取したら死に至るのは間違いない。なぜ生き残ることができた？　事前に牛乳を飲むなどして胃を保護したとしても、どのみち時間差で同じように死ぬはず。嘔吐もなく、すべてが奴の体に回ったはず。

待て。僕が羽鳥を椅子から下ろし、部屋に仰向けで寝かせた後。あのとき奴は〝死んだふり〟をしていたとしたら。僕がカフェに向かおうと部屋から出た後に、奴がトイレで全部吐いていたら。奴はちょうど飲み干してから30分で苦しみ出したが、過去の過剰摂取で耐性ができていたり、事前に大量の牛乳を飲んでいたりすれば、最大血中濃度に達するのは45分を超える可能性もあるのではないか。

このわずか15分程度のタイムラグ。僕がアリバイを作っている数分の間、彼がまだ生きていた可能性はゼロではない。そして僕が帰ってくるまでに、顔に死斑のメイクを施し、息を止めながら指先にグッと力を入れて呼吸を止めていれば、奴は一時的に死体になることができる。

そうなると、なぜ羽鳥は僕がカフェにいることに気付いたのか。なぜ本を読んでいることも知っていたのか。少なくとも、店内には羽鳥含めて、僕の知っている人間の姿はなかった。それに、ある程度のカフェインが体に回っていれば、死には至らなかったとしても、目眩や幻覚、痙攣、過呼吸など、体調に異常をきたしているのは間違いない。瀕死状態の奴に、そんなことができるのか？


まさか。僕はまた盲点に気付いた。

ただ、その可能性には、気付きたくなかった。

このゲームがさらに難しくなるだけだと分かっていた。

しかし、思い浮かんだ可能性は徐々に確信に近づいていった。

Fは一人じゃない。誰か協力者がいる。

これですべてが腑に落ちる。一人だと思い込んでいたから、決定的な証拠が見つからないのだ。こうなると、まわりの関係者を疑っていくしかない。羽鳥との出会いの前後、僕が主に接した人物で怪しいのは４人。

・小野寺優香
・小野寺の母親
・ミサ
・羽鳥

Fは必ず、この中にいる。

＊

月曜日。

僕はいつも通り80分かけて、会社に出勤した。今日はいつもよりも早めにデスクに向かう。小野寺は体調を崩していて今日も休みのようだ。案の定、会社には来なかったか。もう彼女が、僕の目の前に現われることはないのではないか。目を閉じ、一度大きく深呼吸をしてから頭の中で思考を巡らせる。

容疑者は４人。各々の関係性はさておき、あの原稿を見たことがあるのは小野寺しかいない。彼女は確定で問題ないはずだ。

残り３人

ミサは、小野寺の親友とはいえ、僕を貶める理由は浮かばない。彼女のＳＮＳを見たが、僕が犯行に及んだ日、ミサは自身がアンバサダーを務めるコスメのイベントを一日こなしていた。メーカーのＨＰでも告知されていたので間違いない。彼女にはアリバイがある。演技力という点では抜群に高いとは思うが、あの配信事故で見せた彼女の本当の姿を僕は知っている。ミサがＦだとは到底思えない。

いや、どうだ。

……本当にそうか？　何かが引っかかる。

思考をフラットにして考えてみると、〝裏の顔〟という単語が脳内で浮かび上がる。あらゆる角度から可能性を探っていくと、何かが見えた。

なるほど、そうか。

ミサに感じた違和感の正体。

まず彼女は、僕の思想と近いものを持っていた。彼女の言葉を借りるなら、容姿はコミュ力。人生において、外見が良いに越したことがないこと。これはたまたま僕と彼女が生きている中で同じ考えに至ったという、単なる偶然なのか？　それとも、思考が似る要因がほかにあったのか。例えば、僕のことを調べ尽くしていた……とか。それに彼女が長年ファンに見せてきた顔が〝表の顔〟で、配信事故で見せた顔が〝裏の顔〟。もうそれ以上、ほかの一面なんてないと僕は思い込んでいた。でも実際はどうだ？　彼女がこれまで努力して集めた２００万人以上のファン。それだけ多くのバッシングを受けるリスクがありながらも、僕を陥れるためだけにあの配信を行った……。ビジネス的な目線も持つ彼女なら、あり得ない話ではない気がする。ただ、その動機が分からない。何か重大なことから目を背けさせるために、配信を切り忘れて騒動を起こし、僕に大きなトラブルを抱えさせた。あの配信は、羽鳥から3通目の原稿が届いたころと重なる。たまたまあのタイミングで、これまで一度も配信トラブルを起こしたことのない彼女が騒動を起こした。そんなことがあり得るのか？　それに、ミサを僕に繋いだのは小野寺だ。まだまだ粗はあるが、整理していけば辻褄が合うような気がする。それに死斑のように見えるメイク。ミサならお手の物だろう。

残り２人。

一旦、ミサの可能性を消して、Ｆは小野寺＋誰かという組み合わせで考えてみる。

羽鳥はどうだろうか。小野寺と共謀していたと考えた場合、最も辻褄が合うのが奴だ。すべてのやり取りを知っていた彼女が首謀者であり、計画を立てた。羽鳥は自らの身を挺しつつも、なんとか生き延びた。しかしそう考えると、小野寺が黒幕で、羽鳥自身は自分が犠牲になることは知らなかった可能性もある。羽鳥はカフェインを一気飲みせずに半分ほど飲んで、同じ演技をしてもよかったのではないのだろうか。

それに奴のスマホ。客観的に考えれば明らかに不自然ではないか。今の時代、ロックもかけず知人が一人しかいない人間がいるのか？　そもそも、ＬＩＮＥは僕との連絡手段のためだけに使っているような状態。なぜＬＩＮＥを入れた？　そのままメールでやり取りをするほうが彼にとって自然じゃないのか。くそ。どうして僕はこんな簡単なことに気付けなかった。

いや、待て。仮にそうだとしても、警察が僕や小野寺を訪ねてきた理由が分からない。僕に話を聞きに来た際、彼らははっきりと「自殺した疑いがある」と言った。その手法はどうであれ、彼が死んだことは間違いがないはずだ。……いや、違う。それは、あの警察官と名乗った二人が〝本物〟だった場合だ。僕を騙すために、俳優の卵などを雇って偽物を演じさせたのかもしれない。警察手帳も一瞬しか見えなかったし、一般人が確認を求めるのは不自然だ。あの二人の顔も名前もハッキリと思い出せない自分が悔しかった。続編である第四章の原稿が送られて来たのは、その1週間後だ。

なんてことだ。すべてFの計画通りなのか。

万が一、Fが小野寺と羽鳥だった場合、僕だけでなく家族も危ない。羽鳥は生きている。それも僕の動きを近くで把握できる、小野寺というブレーンの指示を受けながら。彼女は、第四章の原稿が来るまでは普通に過ごしていた。仕事についてのやり取りも交わしたし、特に変わった様子はなかった。しかし、突然姿を消した……。

動悸が早くなる。おい、待て。二人は今どこにいる？

＊

LINEを開き、急いで真由の名前を探す。

お願いだ。出てくれ。しかし、何度コールしても機械音が鳴るだけで、あの明るい声が返ってくることはない。時刻はまだ9時30分だった。僕が家を出たとき、真由はパジャマに身を包んだまま、リビングでコーヒーを飲んでいた。寝ているはずがない。僕は慌ててデスクから立ち上がり、急いでオフィスを飛び出した。来たときに通った道を走って戻る。頼む。無事であってくれ。死なれちゃ困るんだ。駅に着いてからも電話をしたが、耳元では虚しい電子音が鳴り続けるだけだった。電車に揺られながら何度もメッセージを送信するが、一向に既読がつかない。そのまま自宅最寄りの所沢駅に着いた瞬間、急いでタクシーに乗り込む。

手間取る運転手に苛立ちが隠せず、思わず声を荒らげてしまう。大丈夫。大丈夫だ。何も起きていない。そう祈るように言い聞かせながら、焦る心を落ち着ける。息子はちゃんと学校に行った。そうだ。絶対にそう。大丈夫。二人は無事だ。


自宅が見えてきた瞬間、お釣りはいらないと言って２０００円を渡す。震える手で、急いで玄関の鍵を開けようとする。ガチャッという感覚が伝わったと同時に叫んだ。

「真由！」

すると、リビングでテーブルに突っ伏している彼女の姿が見え、突然帰って来た僕に驚いた様子で言った。

「あれ、涼君。どうしたの？　会社は？」

「ちょっと事情があって帰ってきたんだ」

「……そっか」

「ごめんね急に。ちょっと話せる？」

真由は、熱はないようだが、体調が悪いらしく休んでいたようだ。スマホは寝室で充電していて気付かなかったらしい。

ああ。何もなかった。息子も無事に学校に行ったらしい。本当に良かった。とにかく安心した。

玄関の鍵をかけ、一息つくようにして座った。

「真由。前にも言ったけど、最近ずっと変な人につけられていてさ。誰が来ても家には入れないでほしい。特に20代の髪型ボブの女性。目がパッチリとした小柄な子。あとは40代に見える、顔に火傷痕のある男性も」

名指しで伝えたほうが良いかもと思ったが、まだ確信をもてない状況で伝えるのはリスクが高かった。

「分かったよ。私は涼君との約束は守っているから安心して。そんな変な人は来てないよ」

僕は胸を撫で下ろし、会社に今日はちょっと事情ができたので休むと電話を入れた。仕事をしている場合じゃない。早く真相を突き止めなければ。

まだ容疑者は残っている。

＊

残りは１人。

警戒する僕にファーストコンタクトを取り、現状最も疑わしい人間の親族。小野寺の母親だ。彼女を疑わない理由がなかった。ただ、ほかの候補と比べれば、圧倒的に情報が少ない。あくまで一度会っただけ。裏で小野寺や羽鳥と繋がっていたとしても、それは仮説どころか空想の域になってしまう。それでも、あの一瞬の出会いで疑うべき点はいくつかある。まず、あの足だ。杖を持ち、カチャカチャという音とともにゆっくりと移動する彼女の姿。警戒しきっていたこともあり、フェイクの可能性も疑った。映画や小説でも、真犯人が実は足が悪いフリをしていたというトリックはよく見かける。ただ、これは別の見方もできる。杖という強烈なインパクトを隠れ蓑にして、そのほかのことから注意をそらすということ。小野寺の母親が杖をついてまでも、盲点にさせたかったこと。もちろん推測だが、それは一つしかない。

彼女は、本当に小野寺の母親だったのか？　去り際に彼女は、優香にはお節介だと怒られるから言わないでねと言った。そして僕は、言われた通り小野寺にこの件を伝えていない。田舎から出てきた、娘思いの母親の気持ちを汲み取りたかったこともあるが、ほかのことに気を取られていてそれどころではなかったという理由もある。大前提である親子の関係性を疑うことができず、さらに初老の母親が犯人なわけがないだろうという思い込みを突かれた可能性がある。

ほかにもさまざまな可能性を探ったが、どれも決定的な証拠がない。全員の可能性を一通りシミュレーションしてみても、そのすべてが確信に至れない。僕には絶対にたどり着けないように仕組まれているのか？　そんなことが可能なのか？　いや、そんなはずない。そこまで優秀な人間がいるなんて、この期に及んでも僕は信じることができなかった。

よく思い出せ。僕は変な前提条件にとらわれていないか。

盲点はどこだ。探せ。

羽鳥にメールを送ってから今に至るまで、僕の行動をすべて思い返す。自室から一歩も動かず、そのまま4時間が経ったころ。スマホを取り出し、頭の中で思い浮かんだ一つの言葉を、検索窓に打ち込む。検索結果に表示された、頭の中で描いていた通りに出てきたアカウントをタップし、投稿を少しだけ遡る。そして目当ての写真を見つけた。僕はその写真を拡大し、じっと見つめる。


なんだ。そういうことか。

僕はとんでもない勘違いをしていただけじゃないか。

でもやられたよ。これは僕の負けだ。

直後、僕が真相に気付くのを待っていたと言わんばかりに何度かスマホが震え、画面上の一件の通知が目に入った。


「立花さん。明日の夜、空いていますか？」


送り主は小野寺だった。

いよいよか。そう心で呟き、いくつかの文字を打ち込んで返信した。

スマホを机の上に置き、目をつむる。

そのまま大きく深呼吸し、これから起こるであろう出来事に思考を巡らす。

僕を殺してくれてありがとう。

後はよろしく頼んだよ。
この計画、僕の勝ちだ。

# 第六章

# 殺してくれてありがとう

「ご迷惑をおかけしました……！　今日から切り替えます」

小野寺は出社した僕を見るなり、慌てた様子で言った。

「寒くなってきたし、体調不良は仕方ないよ」

「本当にすみません。夜に楽しみもあるので、一層がんばります！」

「そうだね。素敵な企画をありがとう」


入社して17年。ここまでいろいろなことがあった。もう編集の仕事ができないのだと思うと、やはり心が痛む。もう真由や息子と暮らせなくなるのだと思うと、寂しい気持ちでいっぱいになる。ただ、それも仕方がない。長年かけて築き上げた僕の計画を最終章に進めなければならない。

今日は僕がこの社会で生きられる最後の日だ。最後くらい、思う存分に楽しませてくれ。

＊

僕が編集者として過ごす最後の1日は、驚くほどにあっさりと終わった。でも僕がもう会社に来られなくなることは誰も知らないのだから当然か。オフィスを出ると、より一層冷え込んだ風がダウンを貫通してくる。僕は一歩前にいる楽しげな小野寺に連れられて、いつもとは違う道を歩く。今日出社する前、僕は配信用スマホを処分した。もちろん配信アカウントとこれまでに配信していた音声、SNSで公開予約していた投稿もすべて削除した。小野寺がスマホ片手に先導し、うろうろすること数分。

「立花さん、あちらです」

彼女が指差した方面を見据えると、雑居ビルが見えた。その1階、ガラス張りでこじゃれた雰囲気の店がどうやら今日の舞台。ここでの食事が、僕の〝最後の晩餐〟らしい。外からは、お客さんでにぎわうカウンター席が見える。イタリアの国旗が冷たい風になびいていた。

久しぶりに外食をするなと思った。僕たちは、外からは見えなかった一番奥の広いテーブル席へと案内された。3人掛けの椅子と、大きなソファがテーブルを挟んで向かい合っている。

「ちょっと待ってくださいね。もうすぐ来ますから」

彼女がそう言って2分ほど経ったころ。帽子を被りマスクをつけ、夜にもかかわらずサングラスをかけた、見覚えのある人物がやってきた。

「ごめん優香、お待たせ」

彼女は小野寺を一瞥して言った。

「立花さん、こんばんは」

ミサは一息つくようにして、小野寺の隣に座る。この数ヶ月で何度も見た、きれいに整った顔。

「……ということで、小野寺優香プレゼンツ！　美沙の本のお疲れ様でした会を開催します！」

小野寺はずっと準備してきましたと言わんばかりのテンションで、声高らかに言った。

「あ、飲み物まででしたね。一旦注文しましょうか。立花さん何飲まれますか？」

「じゃあビールで」

「優香、私もビールで」

「そしたら私も同じにするかあ。すみませーん」

どうやら今日の会は、ミサ本の打ち上げのようだ。事前に何も聞いていなかった僕は、サプライズで何かをしてもらうのも悪くないもんだなと感じた。

「急なお誘いだったのに、立花さんも来てくれてすごくうれしいです」

ミサは笑顔で言った。

「いやいや、こちらこそお声がけありがとうございます。改めて出版お疲れ様でした。一時はどうなるかと思いましたが、反響も凄まじく、やりがいのある仕事でした。担当させていただき、本当にありがとうございました」

「その節は本当にご迷惑をおかけしました……。立花さんの提案がなかったら、いろいろと詰んでいたと思います。改めてこちらこそありがとうございました。優香もサポートしてくれてありがとうね」

ミサは深々とお辞儀しながら言った。

「……なんだか泣きそうになってきた」

「まだ始まったばかりだよ！　泣かないで優香！」

僕の目の前では、数日前では考えられないような、平和で心温まる光景が広がっている。ミサと小野寺の思い出話だったり、ネットで見つけたミサ本の感想を読み上げたりと、楽しい時間がしばらく続いた。運ばれてきた料理はどれもおいしく、小野寺は店選びのセンスもあるなと感心した。1時間半ほどが経過し、ミサがトイレに立った。

「そういえば、立花さん」

神妙な面持ちで小野寺が言った。

「羽鳥さんのこと、改めてお話ししませんか？　やっぱり私、なんであの人自殺しちゃったのかが分からなくて」

ついに来たか。僕は無言で頷いた。

「触れたらいけないのかなと思ったんですけど……。モヤモヤするので、今日はしっかり向き合って話したいなと思っています。お酒は入っちゃっていますけど」

「そうだね。ちょっと衝撃的な出来事だったから、僕も気持ちの整理がついていなくて話せずにいた。すまない。ただ、僕も彼がなぜあのような選択をしたのか分からないんだ。小野寺がモヤモヤするのも当然だと思う。ただ一つ言えるのは、自死することを決めた人を止めることはできないということだ」

僕は小野寺を諭すように言った。

「止めることはできない？」

「ああ。僕は結局誰かの自殺を止めるというのは、その止めたい側のエゴでしかないと思っているんだ。薄情に聞こえるかもしれないけど、よく考えてみてほしい」

「……ちょっとまだピンと来ないかもです」

彼女は、気付いていない。この場は穏便に済まさなければ。

「まず大前提として、死ぬことがいけないという価値観が正しいのかを疑ったほうが良い。だって死んだ本人は、これから生きていくことを捨ててまで死を選んだわけだ」

「まあ言われてみればそうですけど……」

「そう。『死なないで』とか『生きているといいことあるよ』とか、言った側は自分が正しいことをしたと本気で思い込んでいる。でも彼らに『なぜ自殺がダメなのか？』と尋ねても、まともな回答は返ってこないんだよ。命を大事にとか、会えなくなるのが悲しいといった感情論の一点張りでしか反論できない。だって、これまで普通に生きてきた人間からすれば、自殺したくなるほど追い込まれた気持ちが分かるわけないからね」

「自殺がなぜダメか……ですか。確かにちゃんと説明できないかもしれないです。でも、あんなに楽しそうに見えた羽鳥さんも、実は自殺するほど追い込まれていたってことですか？」

「そうだろうね。僕も気付いてやれなかったことが本当に悔しいよ」

よくもここまで嘘をきれいに言えるものだと自分に感心した。

「人ってあんなに簡単にいなくなっちゃうのかと思って、すごくびっくりしました」

「人は簡単に消えるんだよ」

トーンを落として言った後、僕は軽い口調で聞いてみた。

「そういえば小野寺はこれまで自殺したいとか、死んだほうがマシだと思ったことはない？」

「え、そうですね……。本気で思ったことは一度もないかもしれないです。比較的ポジティブなので」

「だと思った。ちょっと話は変わるけど、僕は現世にも三途の川があると思っているんだ」

「三途の川ですか」

「ああ。死にたいと思っている人間と、生きたいと思っている人間を分断する川。そこでは死にたい側の人間が見ている景色は、生きたい側の人間からは決して見えないようにできている。そして、一度渡ってしまうと、もうどんな声も届かないようになっているんだ。つまり、死なないでとか、とりあえず生きろとか、そういった言葉はきれいごとにしか聞こえない。そして、死にたい側の人間は死を選ぶ。それが最適解だと信じて」

「なるほど。その考えも理解できます。でも、そのうえで聞かせてください。どうすれば自殺を止めることができるんですか？　私はそれでも止めるべきと思ってしまいます」

「じゃあ、例えばだけど、『小学3年生の男の子が、夏休みの宿題が締め切りまでに間に合わなくて首を吊って自殺した』と聞いたら小野寺はどう思う？」

「え、なんでそんなことで……。死ななくてもよかったんじゃないって思います」

「だろう？　でも本人からすれば、宿題を出せない〝できない自分〟になること、もしくはクラス全員の前で先生から怒られることは耐え切れなかったのかもしれない。だからどうしてもそこから逃げたかった。その恐怖から逃れられる、最も分かりやすい手段が死ぬことだった」

小野寺は眉間に皺を寄せながら聞いていた。

「でも実際は先生に謝って期限を延ばしてもらったり、友達に助けてもらったりすれば、死を選ぶ必要なんてないわけだ。ただ、この〝ほかの選択〟ができるのは、僕たちがもう大人だから。知識や常識、人生経験があってこそそういった解決策にたどり着ける。つまり、どういうことか分かる？」

ほぼ答えを言ったものだと思ったが、小野寺に聞いてみる。

「……ということはつまり、自殺を止めるには〝死ぬ以外の解決策〟を教えてあげることですか？」

「そうだ。僕は、自殺を止める方法はそれしかないと思っている。繰り返しになるけど、こちらのエゴや、きれいごとの押し付けは死にたがっている本人にはいっさい響かないんだよ。言葉を選ばずに言うと、そういう人は『自分は一応止めたという免罪符』を欲しているだけなんだ。本気でその人のためを思って言っているのだと信じ込んでいるんだろうけど、結局はエゴ。自分が一瞬の深い悲しみを背負いたくないだけなんだよ」

「免罪符……。なるほど。これまで私もそのような接し方しかできていなかったので、グサグサきますね……」

「まあ、本気で死にたいと思って周囲から止められた経験がないと気付けないかもしれないね。

死にたいと思っている人間の悩みなんて、多くはそこまで大したことないものなんだよ。さっきの小学生の例まではいかないにしても、ほとんどの場合はほかにいくらでも解決策が存在しているわけだから。経験が少ないから、死を選ぶまで追い詰められる。例えば本を読むなどして、知見を広めるだけでも見える世界は変わってくると思うけどね」

「なるほど……」

「あと、自身がそもそも恵まれた環境にあることを忘れているケースも多い。戦争のない現代の日本に生まれて、食べるものに困っていなくて、毎日温かい布団で寝られるのに、そんな当たり前のことにも気付けなくなる。もちろん、本人は自分がとらわれている問題の解決策を探す気力もなくしているから、そこに本気で向き合ってあげられるのは周囲の大人だと思うけど。これが僕の思う自殺を止める方法だね」

「立花さんは自殺を肯定しているヤバい人かと思ったんですが、お話を聞いてすごく勉強になりました！　ありがとうございます」

「あああ！　トイレめちゃ混んでて死ぬかと思った……」

話が終わったと同時に、ミサが戻ってきた。

「こら、美沙！　そんなことで死なないから！」

小野寺は彼女に抱きつきながら笑って言った。

＊

「そういえば立花さん。私、本を出して本当に良かったなって思っています」

顔を赤くしたミサは僕の目を見ながら言った。

「これまでずっと外見が命で、かわいい顔ときれいなスタイルを追い求めて生きてきました。ただ、本を書いているうちに気付いたんです。私、このままだと幸せになれないんじゃないかって。だって理想の見た目って、この先ずっと更新されていくんですもん。そりゃあ容姿はコミュ力ですし、私は自分の見た目を磨いたことで自信もついて生きやすくなったのは間違いないです。でも、あるときから足りないものを埋めようとするだけの自分がいたなって思い直しました」

「それは良かったです。読者だけじゃなく、著者自身も気付きを得られるのが出版のいいところだと僕は思っています。文章を書くと頭が整理されていきますからね」

「本当にそう思いました。そうは言っても、まだまだ見た目が良いに越したことはないと思っていますし、これは今後も変わらないんですけどね。でも、その考えが行きすぎると今度は心が汚くなるんだなって気付けました。顔や体はきれいに見えても、心が醜い人は、それはそれで生きづらいんだなって。だって容姿が良いからと人が寄ってくる分、中身のせいでどんどん離れていくのって結構残酷ですよね。今後は出版を通して気付けた心のあり方を、みんなに発信していきたいです。メイクも整形もお金はかかりますけど、考え方と心をきれいにするのはタダですから！」

ミサは明るい笑顔で言った。彼女の成長に、心が温かくなるのを感じた。

「はあ〜、やっぱり美沙は最高だよ〜！」

小野寺が再び抱きつき、テーブルが幸せなベールで包まれたような気がした。

「もうやめてよ〜。あ、そろそろかな」

ミサがそう言うと、小野寺は慌てて立ち上がった。

「本当だ！　私お店の前で待っているね」

彼女はすみませんと人を掻き分けながら、入り口へ向かった。二人だけの共通認識なのか、僕はなんのことかさっぱり分からなかった。そしてビールを飲みながら、ミサとともにSNSにあふれる本の感想を眺めていたときだった。

カチャ、カチャ。

騒がしい店内で、聞き覚えのある音が聞こえてきた。

その音はどんどんと近づいてくる。目の前に現れた彼女は、ていねいにお辞儀をしながら言った。

「立花さん、こんばんは。小野寺優香の母です。その節はありがとうございました。今日はわがままを言って優香に呼んでもらったんです」

彼女は背中を曲げながら、ゆっくりと移動して席に着いた。店内の客層は、40代ほどのサラリーマンが数名いるくらいで、あとはほとんどがミサや小野寺と同世代の女性ばかりだ。そこに突然現れた小野寺の母は、少々浮いていた。

「ママさんと優香と立花さんがそろうの、なんか面白いね」

ミサは笑いながら言った。ミサは小野寺の母とも面識があるようだった。小野寺の母は、品を感じさせる声で言った。

「実は美沙ちゃんと会うのは、今日で2回目なんです。以前は確か、優香が中山出版さんに入社する前だったかな」

「そうそう。私の就職祝いのときだよ。家でも美沙のことをよく話していたら、ママが会いたいってうるさくて。というか、立花さんとママ面識あったの!?」

小野寺が時間差で驚きながら言った。僕が口を開こうかと迷っていたら、彼女の母は言った。

「美沙ちゃんの本が出る前に一度ご挨拶させていただいたの」

「嘘……。そうだったんだ。立花さんすみません。うちの母、本当に私のこと好きなんです」

「素敵な親御さんだね。羨ましいよ」

そう自分で発した途端、これは本心だろうか？と思った。

「優香、立花さんみたいな方の下で働けて良かったわね。ハンサムでお仕事もできて、そのうえ家庭的な方なんて珍しいのよ」

小野寺は本当に僕のことをよく話しているのだと思い、少しうれしかった。

「もう！　私がペラペラ話しているみたいになるじゃない。ママちょっと静かにしてよ」

「優香とママさん、いつ見ても漫才しているみたいで本当に好き」

「美沙もからかわないでよ～」

小野寺は照れくさそうに言った。

「あ、そうだ。ママあれ持ってきた？」

「もちろん。後のお楽しみね」

本人たちは小声でささやいたつもりかもしれないが、酔いも相まってか、僕の耳にも聞こえてくる。それがわざとなのかは分からなかった。まだ何かサプライズがあるのか。

「そういえば立花さん、子育ては順調かしら」

「ええ、すくすく育ってくれていますよ」

「……本当に順調？」

予想に反した質問に、僕は少したじろいだ。

「ええ。どうしてですか？」

「もうやめてよママ〜」

僕が思わず聞き返すと、小野寺は母親を一瞥し、またその話をするのかと言わんばかりに制止しようとした。

「立花さんとは一度、ちゃんとお話ししてみたかったの。少しだけ許してね」

彼女は娘の制止をかわして言った。

「立花さん、いきなり質問なんですが、どうして子どもが犯罪者に育つかご存じですか？」

彼女の口から出たのはこれまた予想していない質問であった。しかし、そのテーマは僕がそこらの人間よりも圧倒的に詳しい自信のある、まさに得意分野であった。

「そうですね。一般的には家庭環境が複雑だったりして、幼いころの〝普通〟の基準が社会からズレてしまうことが原因だと思っています。その結果、いじめに遭ったり、社会との接点を失ったりして犯行に及んでしまうのかなと」

「さすがの回答です。まあそれもありますね。ただ、最近だと逆に、親から愛されて育った子どもが平気で人を殺してしまう事件も増えてきていると思うんですけど、それについてはどうかしら？」

「よくご存じですね」

小野寺の母親は、このテーマについて自分なりに深く勉強していると確信した。

「僕が思うに、反発でそのように育ってしまうのだと思います。愛されて育った子は、その分家庭で抑圧されている可能性もはらんでいます。例えば、親が子のことを思って習い事をたくさんさせることが、かえって我が子にとってストレスになります。ただ、親に対して反抗できないから、ため込んだうっぷんを家庭外で発散する。それが時には、犯罪に手を染める事態にまで発展するのではないでしょうか」

「さすがですね、立花さん。おっしゃる通りだと思います」

彼女は優等生を褒めるかのような眼差しで言った。

「家の中でのしつけを厳守するあまり、そこで生まれたストレスが見ず知らずの他人に向いてしまう。犯罪者を生む背景には、貧困だったり片親だったりと、ハンディのある家庭環境がよく挙げられますが、実はそれだけじゃないんです。裕福な家庭であっても、両親が熱意をもって教育をしていても、この問題が降りかかる可能性はありますから」

「おっしゃる通りだと思います。では小野寺さん。逆にお尋ねしたいんですが、〝理想の親〟とはなんだと思いますか？」

僕はこの人の教育論に、俄然興味が湧いていた。

「私は〝いつでも子どもの味方ができる親〟こそ、理想だと思いますよ」

「なるほど」

彼女の回答は的を射ている。おしゃれな店内に似つかわしくない議論が繰り広げられる。

「みんな、いつしか勘違いしていくの。ほら、子どもの幸せが親の幸せだなんて言うじゃない？　生まれたばかりのころは、何があっても我が子の味方で、責任もって育てようって思うんだけど、人生は長いし親も結局は一人の人間。いつからか余裕がなくなってくるの。そうなると、〝自分が幸せになるために子どもを育てようとする親〟が現れてくるのね。もちろん本人たちにそんな自覚はないわ。子のためを思って、自分たちはがんばっていると思っているの。でも言い換えると彼らは〝自分たちの理想として育つ子どもこそが正解〟で、ちょっと道を外れそうになると、そっちはやめなさいと道を阻むの」

「親が我が子に対して、自分の理想通りに育ってほしいというのは自然なことじゃないですか？」

僕はちょっと意地悪な質問をしてみた。

「その理想というのが、大体みんな間違っていることが問題なの。立花さん、あなたの息子さんが将来整形をしたいと言ったらどう思いますか？」

「そうですね……。一旦は止めるかもしれません」

ミサのいる前だったが、僕は正直に答えた。

「その一旦がやっぱり問題になっちゃうのね。子どもが何をしてもいいとは言わないけど、なるべく禁止にする事柄は減らして、やりたいように育ててあげることが私は一番だと思っています。とにかく親が凝り固まってしまうとダメなの。整形はよく知らないからダメ、そんな趣味にハマっては将来が心配、一人暮らしなんて必要ないでしょ、今の段階でこんな点数しか取れないなんて……。多くの親がつい言っちゃうことだと思うんですけど、本当にそれっていけないことなのかしら？　自分の通ってきていない道を、分からないからと頭ごなしに否定しているだけじゃないのかと思うんです。みんな我が子が知らないことを教えて育んであげることこそ教育だと思っているけど、親も同じように子どもに育てられる。なのに、ちゃんと子の欲求や考えに歩み寄ろうともせず、自分が定めた理想から離れた瞬間に、まるで敵のように対応することが本当に我が子のためになるのかしらね」

小野寺の母が話す教育論に、僕ら3人は気付けばじっと聞き入っていた。

「例えば、自分がお金を持っていなくて苦労したから、子どもにはいい会社に入ってほしい。そう思うのは無理ないわ。でも、お金が手に入れば幸せになれるという考えが間違っていないかを疑う必要があるのね。とにかく親というのは、絶対に何があっても子どもの味方でいないといけないの。子の選んだ道よりも、自分が選んだ道のほうが正しいと思い込まないこと。自分が間違っているかもしれないと疑ってみること。子のためを思って言っているつもりが、実は自分のために言っていないかを見つめ直すこと。子育てがエゴの押し付けになってしまったら、終わりの始まりだから」

この話、どこかで聞いたことがある気がしたが、思い出せない。

「おっしゃる通りだと僕も思いました。勉強になります」

「立花さんは大丈夫だと思うけど、子育てというのは、子どもから見たときに〝毒親〟だと思われないように、誠心誠意向き合っていかないといけないのよ」

「毒親ですか」

「そう。虐待していないからうちはちゃんとしている。ご飯を食べさせているからちゃんとしている。これはもう当然のことだし、多くの親はうちは大丈夫だと信じていると思うの。でもね、逆に『子供をちゃんと育てよう』という思いが強すぎると、自分の思っているレール上をどうやって走らせるかにしか目が行かないし、そこから外れた瞬間に『私はこんなにがんばってきたのにこの子は……』なんて思ってしまって、大きなショックを受けるのね」

「確かに想像できますね」

「そうなの。だから、表向きでは子どものためを思ってがんばっているけど、気付けば実は自分のために子育てをしている。そんな〝きれいな毒親〟にならないようにしたいわね」

「きれいな毒親……」

口に出しながら、その美しくも残酷な響きに心が惹かれるのを感じた。

「子どもは生まれながらにして、誰もが純粋で可能性に満ちた宝物なの。それを汚したり間違った道に進めたりしてしまうのは、親を含む周囲の環境になるのね。悪人の赤ちゃんはいないの」

彼女の発言に、頭の中で何かが弾けた。聞き覚えのあるフレーズだった。

「悪人の赤ちゃんはいない、ですか。僕の好きな小説に出てくる書き出しにもあって、すごく気に入っている言葉です」

「それってもしかして『拝啓、聖なる殺人鬼へ』かしら？」

「……！　小野寺さん、どうしてそれを？」

十数年経っても忘れることのないほどに感銘を受けた作品。不幸にも、大御所作家に盗作が疑われたことで世に出せなかった幻の小説。彼女の話を聞きながら、忘れていた記憶が一気にフラッシュバックする。

「まさか……」

「立花さん、お久しぶりです。優香の母、そして西本ゆいです」

＊

「どうぞこれ、あのときから加筆した完成稿です」

彼女から手渡された分厚い原稿の束。それに目を通しながらも、僕は驚きと興奮が隠せなかった。

そんな僕を見て、小野寺が声をかけてきた。

「立花さん……。母が、実は立花さんの編集で本を出す直前までいったこと、私も最近知ったんです。ただ本当に偶然、内容が大御所作家の唐澤先生と被ってしまったから、ボツになったって聞かされました。でも完成した原稿を眠らせておくのはもったいないよねって話になって、ミサと一緒にサプライズで立花さんに渡そうよって計画したんです。ほら見てください！」

そう言って小野寺は、彼女の母、西本ゆいとミサとの３人で構成されたＬＩＮＥグループを自慢げに見せてきた。

「本当にこんな奇跡があるんですね」

僕はそう口にしながら、強い高揚感に包まれていた。実は、伊藤部長が唐澤先生に彼女のプロットを見せたところ、彼がそれをえらく気に入ってしまいそのまま執筆に入ったというのが真相だったと、僕に同情した当時の同期が後にこっそりと教えてくれた。そして伊藤部長は、自らの保身のために僕を左遷したと知った。正直これを聞いたときはすべてを暴露してやろうかと一瞬考えたが、いかんせん証拠がなかった。そしてそれを実行すれば、いよいよ会社に僕の居場所はなくなる。僕は断腸の思いで、処分を受け入れることを決めた。

ちなみに、伊藤部長は体調不良を理由に退職し、現在は中山出版にはいない。その理由が本当に体調不良だったのかは、僕には分からない。その後、唐澤先生も作風が現代に合わないことが理由で、全盛期より刊行点数も部数も相当落ち込んでいると聞く。神様はちゃんと見ているのかな、と思ったものだ。

「立花さんに読んでいただければ私は十分ですし、作品も成仏できます」

「ありがとうございます。当時の件なんですが、僕はてっきり唐澤先生の担当編集が横流しでもしたのかと疑っていたんですが、実はどうやら本当に偶然西本さんと唐澤先生とで書かれた内容が被ってしまったらしいんです。すばらしい作品を世に出すことができず、申し訳ありませんでした」

本当のことを言って、今さら彼女を傷付ける必要はない。時には人を救うための嘘も必要なのだ。

「いえいえ、とんでもございません。私に運がなかっただけです。それよりも、あの唐澤先生と少しでも近い物語を作れたことを誇りに思っています。実は、また新しい作品を書こうと今がんばっているんですよ。ぜひ立花さんのところで出版できればうれしいなと思っていまして、もし機会があればそのときはよろしくお願いします」

「こちらこそよろしくお願いします」

僕はできない約束を取り付けたことに、心が痛んだ。

「いやあ、今回の会は大成功で何よりでした！　そろそろ時間かな、行きますか」

ミサはうれしそうに言った。

「あ、お会計は？」

「今日は私のおごりです！　私、稼いでいるんで任せてください」

ミサは笑いながら自慢げに言った。

一回り以上年下の著者に出してもらうのは気が引けたが、どうやら会計が済まされていたようなので、ここは素直にご馳走になることにした。

「また4人で食事しましょうね！」

小野寺とミサが並んで歩き、僕は杖をついてゆっくりと進む西本ゆいと一緒に歩く。酔いも回り、まさかのサプライズもあった僕の〝最後の晩餐〟は、想像以上に幸せな雰囲気に満ちたものだった。

「そうだ、小野寺ちょっといいかな」

僕はカバンから一通の手紙を取り出して、彼女に渡した。

「これ、帰ったら読んでくれ」

「え、なんですか？」

「まあいいから。これからもがんばってくれよ」

そう言い残し、僕は近くを通ったタクシーを拾った。

窓越しに礼を言う。彼女たちの姿が見えなくなるまで、幸せだった光景を目に焼き付けた。

＊

「涼君、おかえり。遅かったね」

「ただいま。ちょっと盛り上がっちゃって」

真由に迎えられるのも今日で最後になるのかと思うと、心に大きな穴が空いたような感じがした。

「お風呂入る？」

「あとで入るよ。真由、ちょっといい？」

「どうしたの？」

僕は彼女をリビングに呼ぶ。

ああ。ついにこのときが来た。

僕はカバンに手を入れ、ざらりとした感触を確かめる。それをつかんで、ゆっくりとテーブルの上に差し出す。僕の人生を左右した無機質な茶封筒。

「真由、君だったんだね」

＊

彼を初めて見たときから、私の心は惹かれていた。爽やかな笑顔に、物腰柔らかい雰囲気。それでいて、大手出版社でヒットを量産する敏腕編集者という、華々しいスペック。デザイン事務所で本のデザイナーをしていた私と、出版社勤めの彼との接点は、打ち合わせ以外ではほとんどなかった。しかし、担当書籍の出版記念として開かれた打ち上げをきっかけに、私たちは徐々に親密になっていった。二人で食事に何回か行った後、彼の告白で私たちは恋人となった。交際期間は半年だったけど、彼からプロポーズを受けた。あらゆる面で完璧な彼からの申し出に、断わる理由がなかった。

私たちはほかの同世代の夫婦よりも、付き合いたての恋人のような生活を送っていたように思う。ずっとこの時間が続いてほしいと思えるような、今思い返しても幸せな時間。涼君は結婚する前から、子ども欲しいねとよく言っていた。正直私はあまり乗り気じゃなかった。でも、子どもを要らないと言うことが、なんだかいけないことのような気がした。お互い30代で、年齢のこともあるからと半ば押される形で、結婚後すぐにぷう君が生まれた。

親になるという自覚や責任。妊娠していることが発覚したときには実感がなかったけど、生まれてきたあの子を抱いた瞬間、後ろ向きな気持ちはすべて吹き飛んだ。

何があっても、この子を守ろう。そう決意した。

そこからは仕事を辞め、専業主婦として育児に専念する生活が始まった。子どもができると、男女ではなくパパとママになってしまうとよく聞く。でも、涼君は、変わらず私を一人の女性として見てくれていた。私たちは愛し合っていたし、彼は私の作った料理をいつもおいしいと言ってくれた。毎週土曜にはぷう君を公園に連れて行ってくれる。そんな彼を見るたびに、理想の旦那さんだなと何度感じたか分からない。強いて不満を挙げるとすれば、子どもの教育方針について意見がぶつかったことくらい。

というのも、彼は要領よく勉強ができる秀才タイプで、私はコツコツ勉強してやっと皆と並ぶ凡人タイプ。悲しいことに、あの子の脳に色濃く引き継がれたのは、私の遺伝子らしい。けれど、みんなで毎日健康で笑って過ごす幸せに比べれば、些細な不満だと思った。涼君とも、このまま年をとって、いつまでも仲の良い夫婦でいられるんだろうなと信じていた。


でも最近、涼君の様子がおかしい。

そう思い始めたのは、４ヶ月前だった。


そのころから彼は、機嫌よく家に帰ってくる日が増えた。何かいいことがあったのかと聞いたら、同世代の面白い小説家と出会ったと言う。最初は疑う理由もなかったから、本当にそうなんだと思っていた。ちょうどそのころ、彼は家に自分宛ての荷物が届いても開封しないでと言った。編集の仕事は原稿などの機密情報をよく扱うのは知っていたので、特に疑問を抱かなかった。

しかし、徐々に私の心に黒いモヤモヤが広がっていった。

そうして毎週日曜日。彼はほぼ一日家を空けるようになった。彼は例の小説家とともにジムに行って、お風呂で汗を流し、ちょっと仕事をしてから帰ってくるようになった。いつも通っている近所のジムではなく、わざわざ片道80分かけて千代田区の会社近くにあるジムに行っているらしい。この年になると、新しい友人ができることは珍しいし、これまでの7年間で一度もそんなことがなかったから少し嫌な予感がした。


ちょっと違和感はある。

けれど、ジム通いなんてよくある趣味だし、大丈夫。

そう思おうと努めた。……でも。それでも。

ほかに女がいるかもしれない。


いくら仕事とはいえ、小説家と毎週のように出かけることなんてあり得るだろうか？　私の中に生まれた真っ黒な感情は日に日に大きくなっていった。当然こんなことを誰かに相談できるわけもない。いい年をして、育ち盛りの子どもがいるのに捨てられた女。そんなレッテルを貼られるのが耐えられなかった。家事を終わらせ、学校に行ったぷう君が帰ってくるまでの数時間。この空白の時間は、どうしても考えたくないことを考えてしまう。気休めだと分かっていながらも、匿名掲示板の不倫に関する情報を片っ端から目で追った。本当かどうか分からない書き込みを見て、一喜一憂して時間を潰す生活が続いた。

そんなある日、私が抱いていた疑念が確信に変わる出来事があった。

ぷう君の上履きを洗いに、洗面所に行ったときのこと。お風呂に入っていた彼が、ちょうど出てきたところだった。涼君の手。そこには見たことのないスマホが握られていた。

え、どうして？　いつも使っているスマホはさっきリビングで充電していたよね？　私は見て見ぬフリをすることが精一杯で、何それなんて聞けなかった。

「旦那が風呂場にスマホ持ち込みだしたら完全にクロ」

いつしか見た書き込みが、頭の中でループした。


お風呂から上がり、おいしそうにごはんを食べている彼が、赤の他人に見えた。

ねえ、涼君。何を考えているの？　幸せそうな彼を見て、何がなんだか分からなくなった。この光景もまやかしなのだろうか。早く出かけたいから、急いで食べているんだろうか。心の中で黒い渦が音を立ててどんどん膨らむ。その日以来、幸せの象徴だと思っていたリビングは、息苦しさを感じる空間になった。彼はそんな不安にあふれている私に気付くわけもなく毎日を過ごしていた。

このままだとおかしくなる。私だってそこまで鈍感じゃない。それに、彼を信じたかった。もう一度幸せと充実感に満ちた生活を送りたかった。私の思い違いだと証明してほしかった。

「……涼君、これどっちがいいと思う？」

私はスマホを見せながら彼に聞いた。これまで彼に一度も嘘をついたことがなかった私は、このとき初めて嘘をついた。

＊

よく晴れた日曜日。

大丈夫。これまでたくさん準備をしてきた。絶対にバレない。もう我慢の限界だった。裏切った涼君が悪いの。私はわざわざパソコンで作った計画表を見ながら、今日一日の自分の行動を確認した。

この日のためにぷう君は、前の日から友達の家で泊まらせてもらっている。私はいつもより気合いを入れたメイクを済ませ、この計画のために買った黒のドレスで着飾った。そしてたった今、リュックを背負って出て行く涼君を笑顔で見送った。時刻は8時半ちょうど。私は急いで洗面所へ行ってメイクを落とし、棚の奥に隠していた新品のスウェットに着替えた。ドレスは雑に畳んでクローゼットの奥に放り込んだ。そのまま駆け足で家を出て、近所の駐車場に向かう。普段使わない精算機に戸惑いながらなんとかお金を払い、昨日から借りていた黒のレンタカーに乗り込んだ。スマホのメモに入れていた住所をカーナビに入力する。うちの近所にあるジムの系列店で、かつ千代田区にもあるジムは1ヶ所だけだ。涼君がいなかったらどうしようと思ったけど、それならそれで有罪だ。ちゃんと問い詰めてやろうと覚悟していた。

不安と緊張。さらには久しぶりの運転ということもあって、終始心臓がバクバクしていた。時刻は9時40分。ジムの入り口が見える道路に、計画通りに車を止めた。あらかじめ助手席に置いておいたエコバッグから、帽子とマスクを取り出して装着する。念のため双眼鏡も持ってきたけど、目立つのでスマホを触るふりをしながら、カメラで入り口を拡大して見張ることにした。

20分ほど経ったころ。私が今朝見送ったままの姿の涼君と、小柄な男性が話しながらジムに入る姿が視界に飛び込んだ。私は彼が嘘をついて、知らない女の人と会っていると思っていたから驚いた。同時に、ここまでして彼を疑った自分に嫌気がさした。もうこのまま帰ろうかと思ったけど、まだこの状況だけでは安心はできない。ここまで来たのだから、念のため彼が家に帰ってくるまで見張ろうと思った。彼を100%信じるために。

二人は約1時間半後に出てきた。

最初に比べるとモヤモヤが晴れた私の心は、半分は私の知らないプライベートの旦那を覗き見する罪悪感、もう半分は好奇心で構成されていた。涼君はジムに行った後は、いつも近くの銭湯に行くと言っていた。事前にマークしていた近隣の銭湯は3ヶ所。どこに行くのかは分からなかった。歩き出した方角的に1ヶ所は候補から外れ、残り2ヶ所のどちらかだと思った。

視界から外れるギリギリのタイミングで、エンジンをかけて追った。けど、途中で見失ってしまった。見失ったことで、もう自分自身でも何をしたいのか分からなくなっていたけど、ここに来て引き返すのも何か違う気がする。確率は50%。もし外れたら、レンタカーを返して帰宅し、ハンバーグを作って待っていよう。そう思いながら、勘で先回りして銭湯の真正面にある小さな駐車場で待機した。正直言ってもう帰りたい気持ちがあったので、古びた銭湯を選んだ。

あと10分待っても来なかったら帰ろう……。そう思った直後、涼君とさっきの男の人が歩いてくるのが見えた。二人は楽しそうに話しながら銭湯に入っていく。来ちゃったか……。自分に課した変な賭けに勝ってしまった私は、仕方なく監視を続けることにした。親しげに会話をしている姿を見ると、先ほどまであった好奇心は消え去り、罪悪感が強まっていく。やっぱり私の考えすぎだった。本当にバカだ……。涼君を信じることができなかった自己嫌悪で涙が顔を伝った。

しばらくして、古びた扉が開くのが見えた。涼君と一緒にいた男の人が出てきた。男の人は、遠目からでも顔に火傷っぽい大きな跡があるのが分かった。彼の顔が見えたのは初めてだった。しかし、様子が変だ。

……あれ。涼君がいない。なんで？　確認したわけじゃないけど、入り口がほかにあるようにも見えない。銭湯の中で別れた？　そんなのあり得る？　確か、この後いつも一緒に仕事するとか言っていたよね。もしかして……。最悪の可能性が頭をよぎる。

涼君はジムのルーティンは崩さず、どこかの女に会う前に体をきれいにしたのか。何かあったときのために、一緒に居た男の人にアリバイを証言してもらう算段になっているのか。消えかけていた疑念が、ばちばちと音を立てて燃え上がっていく感覚がした。やっぱり私、裏切られていたの？　そう思った途端、怒りと悲しみが大きくなっていく。

そこから30分くらい経った後、涼君は入り口から出てきた。一瞬見えた表情は、入ってきたときの和やかさが消えているような気がした。

ねえ、涼君。私に隠れて誰と何をするつもりなの？

＊

壁の塗装は剥がれ、苔とツタがまばらに張り付いていた。人が住んでいるのかも疑わしい。そう思ってしまうほどにボロボロのアパート。その2階の一番角の部屋に、涼君は入って行った。ここに若い女性が一人で住んでいるとは、にわかには信じがたい。もしかしたら、さっきの男の人の家なのかと思った。でも結局、ここまで来ながら部屋に突撃する勇気もなかった。アパートから50メートルほど離れた車の中から、今度は双眼鏡を使って見つめる。もうどうにでもなれと思った。涼君はこんなところで何をしているんだろう。毎週ここに来ているのかな。仕事しているの？　いや、こんなボロボロのところで日曜日に働くとかある？　静寂に包まれた車内。もはや不倫の疑いよりも、恐怖と興味のほうが大きくなっていた。

結論が出ないまま、ちょうど1時間が経ったころ。涼君が出てきた。そして、部屋の鍵をかけた。合鍵なんだろうか。いつから通っているんだろう。期待がまた消え去り、再びやって来る疑念。とりあえず今の私にできることは、彼についていくことだけだ。なんとなく、そうするべきな気がした。距離もとっていたしバレるわけがないと思っていたけど、彼に近づく勇気はなかった。アパートから出た涼君は、駅のほうにゆっくりとした足取りで歩いていた。

車がほとんどいない直線の路地。私は彼を肉眼でギリギリ捉えられる距離で尾行した。

そこからしばらく歩いた彼は、見覚えのある場所にたどり着いた。私も何度か訪れたことのある、大きなビル。中山出版の本社だ。彼はその1階にあるカフェに入って行った。私は近くのパーキングに駐車する。気を紛らわすために、アップテンポの音楽を流す。

涼君は窓際の席でずっと読書をしているようだった。涼君は私の気も知らず、何かに取り憑かれたかのようにずっと本を読んでいる。彼は荷物を持って時々席を立つ様子を見せるだけだった。

涼君がカフェに入って3時間半が経過したころ。私は少しウトウトしてしまっていた。

彼は急いだ様子で席を立ち、戻ってくるかと思いきや、そのままレジへ向かうのが見えた。どうやら店を出るみたいだ。次はどこに行くのか。私は慌てて車を出す準備をした。直後、店から出た涼君を目で追うと、彼は私が駐車しているパーキングとは逆の車線のほうに歩みを進めた。そっちに行くためには、Uターンをしないといけない。それじゃ、きっと見失ってしまう。どうしよう。私は一度深呼吸をして、帽子を深く被り直し、マスクをつけた。ドアをゆっくり開け、車を降りる。涼君のほうを見ようとした瞬間、ふらっと立ちくらみがして倒れそうになった。首だけを動かして視界に彼の後ろ姿を捉え、10秒だけボンネットに手を置いて感覚が正常になるのを待った。座りっぱなしの体はバキバキだった。

私は急いで涼君の歩いていった方角に走り、適度な距離をとりながら後をつける。スマホ片手にうつむきながら、時折前方を見る。なるべく背の高い通行人の後ろを歩く。涼君が優雅に本を読んでいる間、バレない尾行方法の記事を読みあさった甲斐があった。オフィス街から、徐々に騒音と人が消えていき、閑静な住宅街に入る。ちょうど帰宅と重なる時間帯だからか、開けた一本道には昼間にはいなかった通行人もちらほらいた。この道をたどると何があるのか、私は知っていた。

見失いそうなくらいの距離で、彼が階段を上がる姿が見えた。今日の昼に見たばかりの、ボロボロのアパート。私は近くのマンションのゴミ捨て場で電話をするふりをしながら、彼が入った角部屋の寂れたドアを凝視した。もはや理解が追い付かなかった。ただ、今日一日の様子を見て、なんとなく仕事じゃない気がしていた。やっぱり不倫なのか。

カフェにいた彼は、時間を潰しているように見えた。ここまで長期戦になるのは想定していなかったから、ぷう君を預けておいて良かったと思った。ずいぶん長い間待たされた怒りが、私を今すぐ突撃してやろうかという気にさせた。ただ、涼君の前でどんな顔をすれば良いのか分からなかったから、彼が出ていった後に真相を確かめよう。女が出てきたら、問い詰める。そう決めた。何時間でも待ってやる。

ここで逃げちゃ、何も変わらないんだから。

そう思った直後、涼君は手を振りながら部屋から出てきた。今度は鍵をかけず、そそくさとこちらに向かってやって来る。

ヤバい。そんなにすぐに出てくるとは思わなかった。鉢合わせになるのはごめんだった。急いで向かいの知らないマンションのエントランスに入り、再び電話するふりをする。大理石と鏡を基調としたきれいな空間だった。入り口に背を向け、心臓をバクバクさせながら彼が通り過ぎるのを待つ。お願い。バレないで。鏡越しに一人の人影が通り過ぎるのが見えた。チラリと見えたその姿は、涼君だった。ゆっくり20秒ほど数えて、私は急ぎ足でボロボロのアパートへと向かった。また涼君が戻ってきて修羅場になっても、もう構わなかった。私を裏切った彼が悪いのだから。

今にも崩落しそうな、ぎしりと軋む階段をゆっくり上がる。手入れされていない、サビだらけの汚い廊下の端にたどり着いた。部屋のドアは想像よりも大きく、重く感じられた。

ここで家に帰って泣くわけにはいかない。手がピクピクと震える。ここが人生の分岐点だと思った。躊躇するともう二度と押せない気がしたから、目をつぶり思い切ってインターホンを押す。チープな呼び出し音が鳴る。小さな音が、静まり返る住宅街に鳴り響いた。涼君に聞こえてしまうんじゃないかとドキドキした。ただ、何度押しても中から物音一つしない。手を振って涼君が出てきたんだから、誰かいるのは間違いなかった。試しにドアノブに手をかけてみる。

あれ、開いている。

もういい、どうにでもなれ。私は勢いよくドアを開けた。

＊

……いっそのこと、不倫してくれているほうがマシだった。

心からそう思うほど、あのときに見た光景が、脳裏にこびり付いて離れない。
愛する夫の正体は殺人犯だった。
この事実をどのようにして受け入れれば良いのか。
私にはいっさい分からなかった。

生暖かい空気に包まれた真っ暗な部屋に入ったとき、最初は女が寝ているのかと思った。でも、すぐに違和感を覚えた。声が出ず、無言で恐る恐る奥へ進む。震える手でスマホのライトをつけると、足が見えた。明らかに女性の足じゃなかった。パッと顔のほうに光を当てると、どす黒く紫がかった顔が視界に飛び込んできた。人とは思えない姿に、肩がビクンと跳ねた。空っぽの胃から、酸っぱいものがこみ上げてくる。一瞬で焼けるように熱くなった喉を冷ますように、それを飲み込んだ。心臓が胸を突き破って出てきそうだった。

涼君と今日一緒にいた男の人。ヤバい。死んでいる。救急車。
頭の中でいろいろな単語が渦巻いた。パニックを起こして、私も倒れそうだった。ほんの数分前、涼君はこの死体の転がる真っ暗な部屋から出てきた。嫌な予感がした。彼を疑っていなければ気付けなかったはずの、どす黒いモヤモヤが心に戻ってくる感覚があった。私はゆっくりと玄関に近づいて中から鍵をかけた。一度大きく深呼吸をして、状況を把握しようと意識を切り替えた。直感で、電気はつけてはいけない気がした。スマホのライトで辺りを照らしながら見渡す。部屋の角にある机が目に入った。白い紙とペンが置かれていて、よく見ると遺書だと分かった。

羽鳥宗吾。きっとこの男の人の名前だろう。簡素な文章だったけど、これを書いてすぐに自殺したとは思えない。すぐ横に、すり鉢と英語がたくさん書かれた薬のボトルがあった。「カフェイン」と書かれている。一通り部屋を確認した後、死体以外の写真をいくつか撮った。そして長居しないほうがいい気がして、すぐに部屋を出た。誰かに見られていないかビクビクしながら、大通りまで小走りで行ってタクシーを拾った。レンタカーを借りていたことは忘れていた。

タクシーに揺られながら、どうするのが正解なのかをじっと考えた。答えが出ないまま、自宅に着く。涼君はまだ帰っていなかった。彼はどんな表情をして帰ってくるのだろうか。リビングで彼を待つことができなかったので、私は先にベッドに入りじっと目をつぶった。

ボロボロのアパート。初めて見た死体。おぞましい顔。今日見た光景が何度も頭の中で再生される。呼吸が乱れるのを、必死に深呼吸して抑えようとした。

……私は気付いたら眠っていた。結構な時間が経ったように感じたけど、時計を見ると20分しか経っていなかった。悪い夢だったら良かったのに、涼君が帰っていない事実が私を残酷な現実へと引き戻した。そこからどれだけ経っただろうか。ガチャリ。玄関のドアが開く音がした。

「ただいま」

直後、涼君の声が聞こえる。私の知っている、いつもと変わらない声だ。やっぱり何かの間違いだったのかもしれない。彼の顔を見て安心したい。そう思って急いで玄関へ向かう。

「……おかえり」

絞り出した声。けど、彼の顔は直視できなかった。

「寝ていたの？」

「……うん」

「同窓会楽しかった？　起きてきてくれてありがとう」

「すごく、楽しかったよ」

彼は私に優しくハグをした。涼君。どうして。どうしてそんなことができるの？　私は知ってはいけない世界を覗いてしまったのだと、このとき初めて自覚した。私もぷう君と一緒に殺されるかもしれない。最も恐れていたことが、現実として迫ってきている気がした。

＊

あの日からちょうど1週間が経過した。私は何事もなかったかのように振る舞っていた。バレたら、殺される。けれど私以上に、涼君は普段通りに過ごしていた。あの日のことはもしかしたら嘘だったのかもしれないと思うと同時に、この人は人を殺しても平気なのかと感じ、一層恐怖を覚えた。あれさえ見なければ……何度そう思ったか分からない。この思いを抱えたまま暮らしていくことが正しいわけがないけど、今はそうするしか道はないのだと思った。ただ、何をするにしても、全身に黒いヘドロがまとわりついている感覚。とにかく息苦しかった。

秘密を誰にも言わず、このまま生きていく。あの日、私は何も見なかった。そう何度自分に言い聞かせても、目をつぶるたびにあの忌々しい光景がフラッシュバックし、猛烈な吐き気に襲われた。彼に更生してほしい。そして罪を償って帰ってきてほしい。そのころにはぷう君は大きくなっているかもしれないけど、私、それまでがんばるから。これが本心だった。

ただ、どうすれば良いのか分からない。何かいい方法はないものか。

偶然にもそれを見つけたのは、3日後のことだった。

涼君が一人でお風呂に入っているとき、藁にもすがる思いで彼のバッグをあさった。気を付けないと一瞬で消えてしまう。そんなわずかな希望の光を探すかのように、そっと手を入れて探る。彼がよく使っている仕事道具のほか、3つの大きな茶封筒が見つかった。宛先は会社の住所と涼君の名前だ。直感的に見てはいけないものだと思ったけど、この期に及んでそんなものはないだろうと開き直った。中からは原稿が出てきた。何かの小説かと思った。その場で読むには少し量があったので、私はとりあえずスマホで写真に収めた。

……中身は涼君への殺害予告だった。

また見てはいけないものを見てしまった。
ただ、これこそが求めていたものだと直感的に感じる。
匿名で彼宛てに原稿を送る。これだ。

パッと閃いたそのアイデアは、彼に更生してほしいけど、私からは直接言えない。そんな今の状況にぴったりな手段だった。ただ、私から送ったと絶対にバレてはいけない。そうだ。この原稿の続きとして送ろう。そうすれば、私が送ったことは分からない。私の送ったものと、本来の第四章で二つ届く可能性があるけど、そんなことは気にしていられない。そこから私は彼にバレないよう、原稿作りを始めた。涼君は文章のプロだ。これまでの文体と変わると、すぐに気付くだろう。短い文章だったけど、パソコンを何度も睨みながら試行錯誤して、完成まで2週間ほどかかった。彼が仕事に行っている間にコンビニで印刷し、その足でポストに投函した。
涼君はあの日、私が黒のドレスに身を包んで同窓会に行ったと思っている。それに私がここまで考えて動いていることに気付いていない。そう信じていた。私が送ったなんて、絶対にバレるわけがなかったのに。どうして。

目の前に差し出された茶封筒と、彼のまっすぐな目。
いきなり訪れたその光景に、命が危ないと脳内で警告が鳴り響く。
ぷう君を守らなきゃ。

＊

「真由さ、同窓会に行ってなかったんだね」

涼君は落ち着いた声で言った。その言葉が、急激に早まる鼓動をさらに加速させた。呆然とする私に、彼はポケットからスマホを取り出し、テーブルに差し出してきた。その画面には、私の見覚えのある文字列と、見たことのない写真が映っていた。

「第28回 MATSUNOBUデザイナー学院 同窓会」

参加した人がＳＮＳに投稿したその写真に、当然私の姿はない。盲点だった。頭が真っ白になった。

「え、何を言っているの……？」

「黒いドレスを着た女の人を全員見たけど、真由いなくてさ。どこにいるの？」

涼君は真顔で聞いてくる。

「……あ～それ。お酒飲みすぎちゃって、トイレに行っている間に撮られた写真なんだよね」

咄嗟に捻り出した嘘をぶつける。その直後、自然と茶封筒に目がいく。頭ではもうダメだと分かっていた。

「そっか」

涼君はゆっくりと鼻から息を吐いた後にそう言った。無言の空気が流れる。小学校の先生に悪いことがバレたときのような、長年感じていなかった気持ちが蘇った。

「じゃあさ、真由が写っている同窓会の写真ある？」

詰みの一手だった。ないと言ったら、これまで積み上げてきたすべてが跡形もなく崩れ去る。もう今後何があっても取り戻せないだろう。黙り込むしかない自分が情けなく、こらえていた涙が目からあふれ出してきた。もうこれ以上、涼君に問い詰められることは耐えられない。彼が何か言うごとに、平和で楽しかった日常が手の届かないところへ引き剥がされていくように思えた。

私はあの日に見たすべてを告白した。

＊

「迷惑かけてごめんね」

泣きじゃくりながら語った私に、彼が放った一言目がそれだった。目の前にいる大好きな人。最愛の夫。私と息子を愛してくれている最高のパパ。

「真由、それすごい勘違いだよ」

笑ってそう言ってほしかったのに。私は必死に言葉を絞り出す。

「……涼君。勝手に見てしまった私が悪いのごめん。だから、私の命はあげるから。殺してもいいから。だからぷう君だけはやめて。あの子に罪はないの。ねえお願い」

言いながらまた涙があふれた。涼君が何を考えているのか。私には最悪の未来しか見えていなかった。

「真由」

彼はゆっくりと口を開いて言った。

「明日の朝、自首してくる。罪を償うよ」

「えっ」

彼の口から出たのは、私が心から望んでいたことだった。でも、違和感があった。

「本当に？」

私にバレて反省した……？　そんなわけない。自分で望んでおきながら、にわかには信じがたかった。

「うん。というか、真由たちを殺すわけがないよ」

彼は無邪気に笑って言った。けれど、信じていいのか分からない。そんな私の心情を読み取ったかのように涼君は言った。

「つらかったよね。本当にごめんね」

「あのさ、私。これからどうすればいいのかな」

予想外の反応に困惑し、自然と言葉が出てきた。

「ちょっと待ってて」

彼は走ってリビングから消え、またすぐに戻ってきた。

「これ、あの子の誕生日に毎年一通ずつ見せてあげて。こっちは真由の分。誕生日に読んでほしい」

涼君はそう言って、二つの紙袋を手渡してきた。中を見ると、数字が書かれた小さな封筒がたくさん入っている。

「一度捕まると、手紙を書いても検閲されちゃうし、もしも住所変わっちゃって届かないと困るからさ。僕の言葉を、二人の姿が鮮明な今のうちに届けておきたい」

真剣な涼君の言葉に、私は黙って頷く。

「あと、公園で話していた男同士の会話も書いているから、あの子への手紙は絶対に見ないって約束してほしい。恥ずかしいからさ」

「分かった」

これだけの量の手紙を、一体いつ書いたんだろう。それだけ前から、涼君はどこかのタイミングで自首することを決めていたのかもしれない。

「僕が出所するまで待っていてなんて、おこがましいことは言わない。何より、これから一生つらい思いをさせてしまうと思う。本当に申し訳ない」

そう言って彼は、頭を垂れた。私は何も声をかけられず、黙って彼を見つめる。

平和だった日常はもう戻ってこない。私は殺人犯の妻。ぷう君は殺人犯の息子となる。これから起こるであろう現実に、どう向き合っていくべきなのか。この日はもう考えられなかった。

＊

翌朝。雲一つない、よく晴れた日だった。

眠っていた私は、彼に揺さぶられて目を覚ました。

「おはよう。行ってくるね」

涼君は私を見て優しく声をかける。

「ねえ、ちょっと待って」

私は急いで身を起こし、一緒に玄関へと歩く。

ぷう君はまだ寝ていたけど、起こさないことに決めた。

あの子になんて伝えるかは、後でじっくり考えようと思った。

カバンを持ち、靴を履く涼君の後ろ姿。

何度も見たけど、もう訪れない光景なのだと思うとまた目頭が熱くなった。

「……涼君、行ってらっしゃい。ずっと、待ってるから」

私はそっと声をかけた。

けど、彼は振り返らなかった。

ドアの閉まる音が、いつもよりも重たく響いた気がした。

# エピローグ「僕の殺人計画」

計画性の高い犯行。カフェインという身近に潜む凶器。さらに、かつて業界では名の知れた彼の経歴が大きな話題となり、事件後しばらくはワイドショーの格好の的になった。

「完全犯罪に興味があった」

「反省はしていない」

「出所してもまた誰かを殺してしまう」

裁判でそう言った彼は、世間からは大バッシングを受けた。私は涼君の本心が分からなかった。でも、嘘をついて刑が軽くなるくらいなら、正直な気持ちを告白したうえで罪を償うほうが健全ではないのか。狂っているかもしれないが、私は自身の心を守るためにもそう信じた。

彼には、懲役22年が確定した。


事件直後、私とぷう君は引っ越して、新しい土地で人生を再スタートさせることにした。

涼君が渡してくれた私宛ての手紙には、今すぐこれだけ読んでと書かれた封筒が一つだけ入っていた。中には「クローゼット一番左奥。これで引っ越して」という殴り書きと、４桁の数字。

初めは何のことか分からなかったけど、彼の部屋のクローゼットを物色していると、初めて見た小さな金庫があった。暗証番号を入力すると、中には２００万円が入っていた。

テレビで毎日のように異常者として扱われている被告。

手紙を残して出て行った、家族を愛してくれた理想の夫であり父親。

同じ人のはずなのに、違う。

私はどちらを信用していいのかひどく困惑した。けれど私が彼を信じないと誰も味方がいなくなってしまう。彼がまた笑顔で帰ってくることを信じて、生きようと決意した。

＊

あれから14年の月日が流れた。

ランドセルに背負われてるようだった息子は、20歳になり、私を見下ろすほどに大きくなった。ぷにぷにだった顔も随分と大人びて、涼君の面影を感じる爽やかな青年に育っていた。

勉強はできるに越したことはない。私は夫がいるときから、ずっとそのように考えていた。父親がいない分、寂しい思いもさせたと思う。何より、世間から隠れるように生きてきた息子のつらさは、想像を絶する。だからせめて、将来息子には苦労してほしくなかった。小学校1年生で勉強につまずいていたあの子が、今では国立の難関大学に通うようになった。合格したと聞いたときには、本当にうれしかった。

息子を責任を持って育てるということ。それが私にできる、唯一のことだった。息子に罪はないのだから。

私は給料の良いデザイン事務所へ再就職しようと懸命に努めたが、殺人犯の妻を社員として迎える会社なんて一つもなかった。結局、時給の高かった清掃のパートを何ヶ所かかけ持ちして週7日必死に働いた。時間のある日は近所のコンビニで数時間アルバイトを入れて、帰ったら泥のように眠ってまた仕事に出かける。この生活が10年以上続いた。とにかくがむしゃらに働き続けた。私自身が奨学金の返済で大変苦労したこともあり、息子にはそうなってほしくはなかった。毎月コツコツ貯金もしてきたので、息子が大学に入学したとき、ようやく気持ちが一段落した。


「パパはいつ帰ってくるの？」

夫が出て行って以来、息子は何度も私に聞いてきた。

なんて伝えればショックが少ないか、正直に言うべきかと頭が割れそうになるほど悩んだ。ただ真実を伝えても私がすっきりするだけで、この子にとっては良いことなのか。学校でいじめられたりしないか。そう思うと私はいつまでも本当のことを伝えることができずにいた。けれど、テレビやネットのニュースなどの些細なきっかけで、きっと息子はいつか父親の事件を知ってしまう。

「パパはいつか戻ってくる。今は遠い国でお仕事しているの」

私はそう伝えることしかできなかった。

ただ、年に一度の息子の誕生日、私は夫との約束通りに手紙を渡し続けた。それで何かを察したのか。今日では、夫の話題が家で出ることはなくなった。私はこれまで約束通り、息子への手紙に書いてある内容は見なかった。

私宛ての手紙には、毎年謝罪と心配の言葉が綴られていた。ただ多くは息子の話題で、毎年どう育っていくのかを夫なりに予想していた。私が驚いたのは、息子がほとんど夫の予想通りに成長していることだ。だから、家に彼はいないけど、いつもそばで見守ってくれている気がした。やっぱりあの子には父親が必要なんだと、毎年手紙を読むたびに思う。

年に一度の手紙を読んで、息子の成長の答え合わせをするのが、唯一の楽しみになっていた。ただ一つ残念なのは、私宛ての手紙がもうあと1通で終わってしまうことだ。私はこれを読んだらもう楽しみがなくなってしまうと思い、開封することができないでいた。


気付けばお昼になっていた。珍しくたくさん寝てしまった。頭がぼうっとする中、息子が玄関へ向かう足音が聞こえた。もう歳なのか、体の衰えを感じながら、なんとか体を起こす。息子を見送りに行こうとするが、すぐには動けなかった。なんとか玄関にたどり着いたころには、息子の姿はもう半分ドアに吸い込まれていた。その後ろ姿は夫にそっくりだ。

私は精一杯の声で見送った。

また3人で笑って暮らせる日は、思っているほど遠くはない。そんな気がした。

＊

あ、お久しぶりです。調子ですか？　まあいつも通りですよ。え？　今日は元気そうだって？　僕のことよく見ているんですね。いつも思っていたんですが、受刑者と毎日話すなんてカウンセラーの仕事もラクじゃないでしょう。僕が言うのもなんですがね。まあそれでも僕と違ってほかの連中の相手をするのは大変なんじゃないですか。そんなことはないですか、そうですか。いやあ、でもそれ本当ですか……なんてね。まあ、そんなことはどうだっていいです。あのね、今日は元気なので相談とかはないんです。ただ、ずっと考えていた問題の答えが出るような気がしていて。え、気になりますか？　では3分で話しますね。まあ与太話だと思って聞いてください。そうですね。じゃあ突然なんですけど、早速一つ質問です。

「美しい殺人とは一体どんなものでしょうか？」

え？　殺人にきれいも汚いもない？　いやいや、そんなことはないです。例えば衝動に身を任せた殺人、憎悪が動機の殺人、自爆テロや戦争、意図せずに相手が死んじゃったケースなど。数えればキリがありませんが、これらの殺人は美しくないと僕は思うんです。こんなのはすべて二流。まったくもってダメです。あ、頷けませんよね、こんな話。大丈夫です。そのまま聞いてください。では、美しい一流の殺人。この正体は一体なんなのか。

それはやはり〝誰にもバレないこと〟だと僕は思います。

自らの頭脳で計画し、その通りに実行する。生命という最も美しいものを身勝手に奪う。どうですか？　美しいと思いませんかね？　ああ、理解できないという顔をされていますね。まあいいです。とにかく僕が言いたかったのは、美しいものはすべてシンプルなんです。それは殺人も同じということです。え？　いやいや待ってくださいよ。もうちょっとで話し終わりますから。あ、そうですか。じゃあ、もしこの質問の答えが分かったら今日はおしまいで構わないです。いいですか？　では最後の質問です。

「この世で最も美しい、究極の殺人とは一体なんでしょうか？」

……まあ立場上、口に出せないと思いますので、心の中で答えてください。ああ、あんまりピンと来ていない顔をされていますね。もちろん僕には分かりますよ。定期的にお話ししている仲ですから。簡単ですよ。答えはシンプルですから。

〝犯人が何もしない殺人〟、これが僕の答えです。

え？　そんなの物理的に無理じゃないか？　そう思われますよね。では、想像してみてください。犯人は何もしていない。慎ましく、ただただ生きているだけ。なのに、人を殺すことができる。もちろん証拠は残らず、自分がやったとは誰にもバレない。どうでしょう？　すばらしい殺人だと思いませんか？　あ、イメージつきませんかね。まだまだですねえ。おっと、すみません。話をさらにややこしくしてしまって恐縮ですが、これをもっと美しくするにはどうすればいいでしょうか。

例えば、その犯人はずーっと前から獄中にいる、とか。

どうですか？　そんな状況で人を殺せたらすごいと思いませんか？　ん？　ヤクザが当てはまる？　ああ、言われてみれば確かに、組長らが捕まっていても、殺しは起きますよね。ただ、そんな組織ぐるみの犯行は美しくありませんよ。そもそも利害関係が存在していますし、彼らは仕方なくやっているだけですからね。え？　いやいや僕の話じゃないですって。だから与太話だと思って聞いてくださいって言ったじゃないですか。何もやることがないと、こうやって作り話をしたくなるんですよ。僕の職業病です。

まあでも、もしもですよ。もし、そんなものがあるとするならば、それはこの世で最も美しい、究極の殺人と呼んでもいいかもしれませんね。名付けるなら、そうですねえ。

僕の殺人計画。なんてね。

＊

新しい家に帰ると誰もいない。

大好きだった父は急にいなくなり、毎週土曜日の昼下がり、公園に遊びに行くこともなくなった。母は急に勉強にうるさくなった。昔から、机に向かうのが僕は大の苦手だった。ノートに書き写した数式が、将来なんの役に立つのか。僕には理解できなかった。

なんで僕のやりたくないことのために、母は毎日働いているのだろう。

なんで毎日、二人して必死に生きて嫌な思いをしているのだろう。

ずっと疑問だったけど、今思い返せば母はそれが正しいと信じているように思えた。クラスのみんなには、当たり前のように父親がいた。仕事でいないはずの父は、服役しているのだとネットを見て知った。それも人を殺した罪で。母は家で父の話をしなかったから、触れてはいけないものなのだと幼いながらに察した。

空っぽの家と学校を往復し続ける、退屈な僕の生活。そんななかで父から年に一回届く手紙は、僕にとって何物にも代えがたい楽しみだった。母も僕が真実を知っていることは薄々気付いているとは思う。けれど誕生日になると、これお父さんから、と言って手渡してくれた。誕生日のときの母は、唯一嫌いじゃなかった。学校でも母からも教わらないことを、父の手紙からは学ぶことができた。生きることがつらくなったときには、どうしたらいいか。人の命はなんのために存在しているのか。今年一年、どのように過ごすと良い人生を送れるのか。

父の考えは、居場所のなかった僕の心の拠り所になった。父の文章を一行読むごとに、やりたいことが分からず、勉強でがんじがらめになって自暴自棄になりかけていた僕という存在が、きれいにほぐされていくような気がした。

僕は人殺しの父を知らなかった。毎週公園に連れて行ってくれる、優しくてかっこいいパパ。それが僕の覚えている父の姿だった。

土曜日のお昼は、母に内緒の秘密の時間。あれは僕の記憶の中で、一番と言っていいほど楽しかったものだ。僕はその思い出が忘れられず、中学生になった夏休みのころから、交通費をかけて一人であの公園に遊びに行くようになった。父からの手紙にはいつも一緒に一万円札が入っていた。僕は母にバレないようにそれを貯めて、交通費にあてていた。

季節はいつも夏の終わり。誰もいない、小さな公園。

毎年錆びていく遊具を眺めるたびに、父と一緒に遊んだ思い出が薄れていく気がして心が痛んだ。けれどその思い出を上塗りするように、僕が一番好きだった遊びの準備にとりかかる。このときの父が、一番うれしそうにしていたことを覚えている。

僕は木陰を隅から隅まで物色する。抜け殻でもなく、生きている奴でもなく、もうあの特有の音で鳴けなくなってしまった死骸たち。それを見つけるたびに慎重に拾って一ヶ所に集める。30分くらいかけて小さな山になるまで集めたら、次は一つずつ優しく指でつまんで持ち上げる。

一つ。一つ。二つ。

一つ。一つ。二つ。

こんもりと集めたそれを、僕はまっすぐと線を引くようにして、等間隔でていねいに並べていく。全部並べ切ったら、一番端っこに移動して、僕は片足で立つ。一瞬だけ膝を曲げ、そのまま地についたほうの足で背伸びをするように踵を上げる。そしてつま先に体重をかけ、飛ぶ。

パリッ、バリッ、グシャ。

パリッ、バリッ、グシャ。

ケンケンパの動きをするたび、足の裏に生々しく伝わる感覚。重ねたポテトチップスを踏み潰すようなこの感じ。これこそ僕にとっての父と過ごした記憶が蘇ってくる、心から落ち着く時間だった。全部潰したら、もう一度指でつまみ、元あった場所に戻しにいく。砂に張り付いてしまった半透明の羽や、ぐちゃぐちゃになって拾えない脚は適当に砂をかけて誤魔化した。

公園のこと、母はきっと知らないまま死んでいくのだろう。

そして僕が人生に絶望をしていること。これも知らないんだろう。

本当の僕を知っている人間は父だけだった。今の僕が過ごす世界には誰もいない。

立花涼様

元気にお過ごしでしょうか。

またいつか、あの公園で遊びたいです。

書きかけの手紙を読み直す。いざ気持ちを伝えるとなると、何を書けばいいのか分からず、稚拙で中途半端になってしまった。

この手紙を書き終えてから、あとは適当にやろう。

いろいろと考えたけど、僕に父みたいな計画を作ることなんてできなかったな。

母は僕が望み通りに育ったと信じているのだろうか。

こんな意味のない人生を送っているのに、成長したことに喜びを感じているのだろうか。

僕には分からなかった。だから当然、知る由もないだろう。僕が今、どんな思いでいるのかも。

背中にあるリュックの中に、いつも包丁を入れてあることも。

汚れた靴を履き、ドアノブに手をかける。

今朝こっそりと飾った一輪のカーネーションを横目に見る。

血のように深い赤を選んだこと、あの人は気付くのだろうか。

ガチャリという音とともに、ムダに眩しい外光が目に飛び込んだ。

後ろから母が近づいてくる気配がしたと同時に、明るい声が背中越しに聞こえた。

「涼介、行ってらっしゃい！」

ブックデザイン
アルビレオ

装画
島田 萌

DTP
尾関由希子

校正
ぴいた

編集
伊藤甲介
(KADOKAWA)

**やがみ**
気鋭のホラークリエイター。YouTubeで完全オリジナルの怖い話を発信。
チャンネル登録者数は謎に70万人超（2023年10月現在）。
動画の総再生回数は謎に2億回超。とにかく謎が多い。

YouTube：やがみ【2chスレ解説】
X（旧Twitter）：@yagami2ch

# 僕《ぼく》の殺《さつ》人《じん》計《けい》画《かく》

2023年11月 7 日　初版発行
2024年 1 月10日　 4 版発行

著　者　やがみ
発行者　山下 直久
発　行　株式会社KADOKAWA
〒102-8177　東京都千代田区富士見2-13-3
電話 0570-002-301（ナビダイヤル）

印刷所　TOPPAN株式会社
製本所　TOPPAN株式会社


ISBN 978-4-04-897634-3　C0093